GOSCINNY AND UDERZO

PRESENT

ANE ASTERIX ADVENTURE

ASTERIX AND THE GOWDEN HEUK

SCRIEVIT BY **RENÉ GOSCINNY**   ILLUSTRATIT BY **ALBERT UDERZO**

TRANSLATIT BY
MATTHEW FITT

Itchy
Coo

DALenaLba

Asterix®

in the Celtic countries

Scots
Asterix the Gallus
Asterix and the Gowden Heuk
Asterix and thc Pechts

Gaelic
Asterix agus an Corran an Òir
Asterix agus an Cealgaire
Asterix ann an Dùthaich nan Cruithneach

Irish
Asterix na nGallach
Asterix agus an Corrán Óir

Welsh
Asterix y Galiad
Asterix a'r Cryman Aur
Asterix a Gorchest Prydain
Asterix yn y Gemau Olympaidd
Asterix a'r Pair Pres
Asterix a'r Snichyn
Rhandir y Duwiau
Asterix a Choron Cesar
Asterix a Gwŷr y Gogledd

Asterix and the Gowden Heuk
Originally published as *La Serpe d'or*
© 1962 Goscinny/Uderzo
© 1999 Hachette Livre
© 2014 Hachette Livre for this edition and Scots translation

Published by Dalen Alba, Dalen (Llyfrau) Cyf, Tresaith, Ceredigion SA43 2JH, Wales, with Itchy Coo, Black & White Publishing Ltd, of 29 Ocean Drive, Edinburgh EH6 6JL, Scotland

Itchy Coo is an imprint and trade mark of James Robertson and Matthew Fitt and used under license by Black & White Publishing Limited

First edition: October 2014
Itchy Coo ISBN 978-1-845028-88-6
Dalen (Llyfrau) ISBN 978-1-906587-54-3
Translated by Matthew Fitt

Itchy Coo acknowledges support from Creative Scotland towards the publication of this book

Printed in Malta by Melita Press

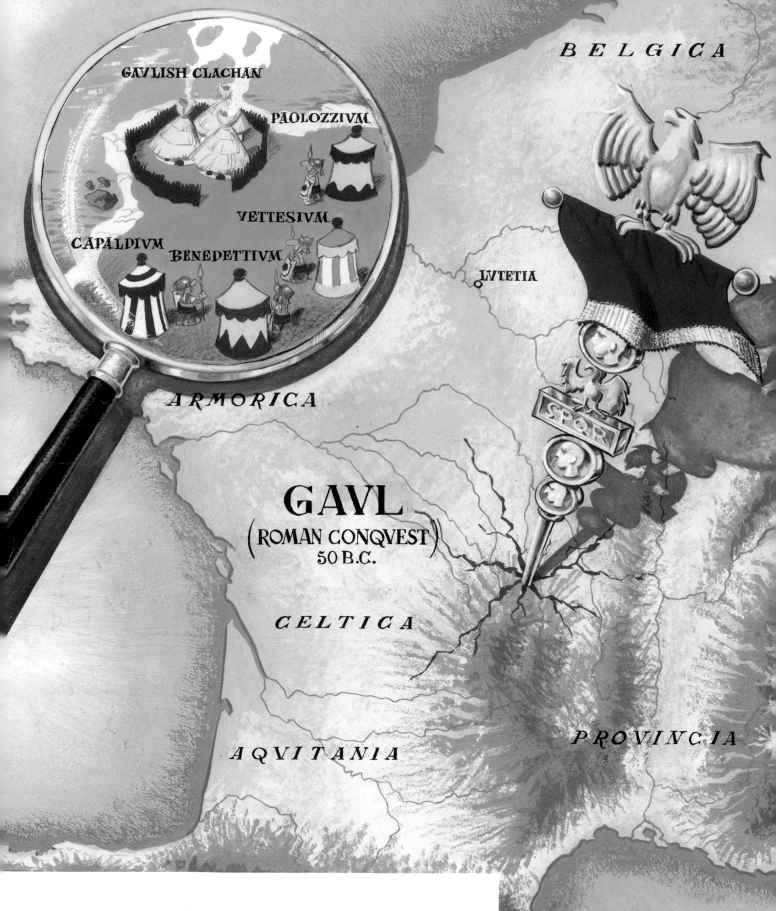

BELGICA

GAVLISH CLACHAN

PAOLOZZIVM

VETTESIVM

CAPALDIVM

BENEDETTIVM

ARMORICA

LVTETIA

GAVL
(ROMAN CONQVEST)
50 B.C.

CELTICA

PROVINCIA

AQVITANIA

HE YEAR IS 50 B.C. THE HAILL O GAUL IS OCCUPIED BY THE
OMANS ... THE HAILL O GAUL? NAE WEY! YIN WEE CLACHAN O
NDINGABLE GAULS AYE HAUDS OOT AGIN THE INVADERS. AND LIFE
NAE PAIRTY FOR THE ROMAN LEGIONARIES THAT GAIRRISON THE
ORTIFIED CAMPS AT BENEDETTIUM, CAPALDIUM, VETTESIUM AND
AOLOZZIUM ...

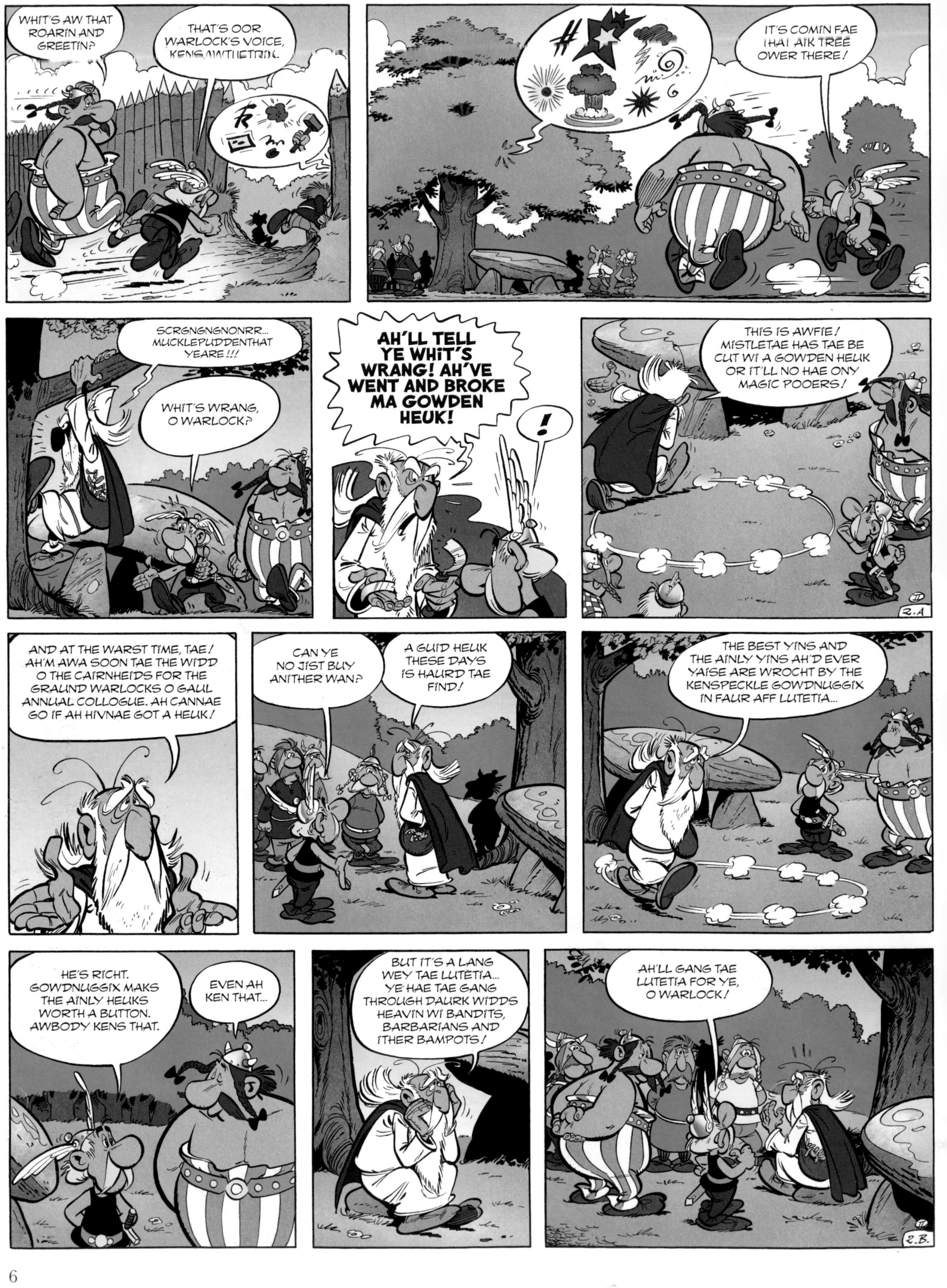
WHIT'S AW THAT ROARIN AND GREETIN?
THAT'S OOR WARLOCK'S VOICE, KENSAWTHETRIX.
IT'S COMIN FAE THAT AIK TREE OWER THERE!
SCRGNGNGNONRR... MUCKLEPUDDENTHAT YEARE!!!
WHIT'S WRANG, O WARLOCK?
AH'LL TELL YE WHIT'S WRANG! AH'VE WENT AND BROKE MA GOWDEN HEUK!
!
THIS IS AWFIE! MISTLETAE HAS TAE BE CUT WI A GOWDEN HEUK OR IT'LL NO HAE ONY MAGIC POOERS!
AND AT THE WARST TIME, TAE! AH'M AWA SOON TAE THE WIDD O THE CAIRNHEIDS FOR THE GRAUND WARLOCKS O GAUL ANNUAL COLLOGUE. AH CANNAE GO IF AH HIVNAE GOT A HEUK!
CAN YE NO JIST BUY ANITHER WAN?
A GUID HEUK THESE DAYS IS HAURD TAE FIND!
THE BEST YINS AND THE AINLY YINS AH'D EVER YAISE ARE WROCHT BY THE KENSPECKLE GOWDNUGGIX IN FAUR AFF LUTETIA...
HE'S RICHT. GOWDNUGGIX MAKS THE AINLY HEUKS WORTH A BUTTON. AWBODY KENS THAT.
EVEN AH KEN THAT...
BUT IT'S A LANG WEY TAE LUTETIA... YE HAE TAE GANG THROUGH DAURK WIDDS HEAVIN WI BANDITS, BARBARIANS AND ITHER BAMPOTS!
AH'LL GANG TAE LUTETIA FOR YE, O WARLOCK!

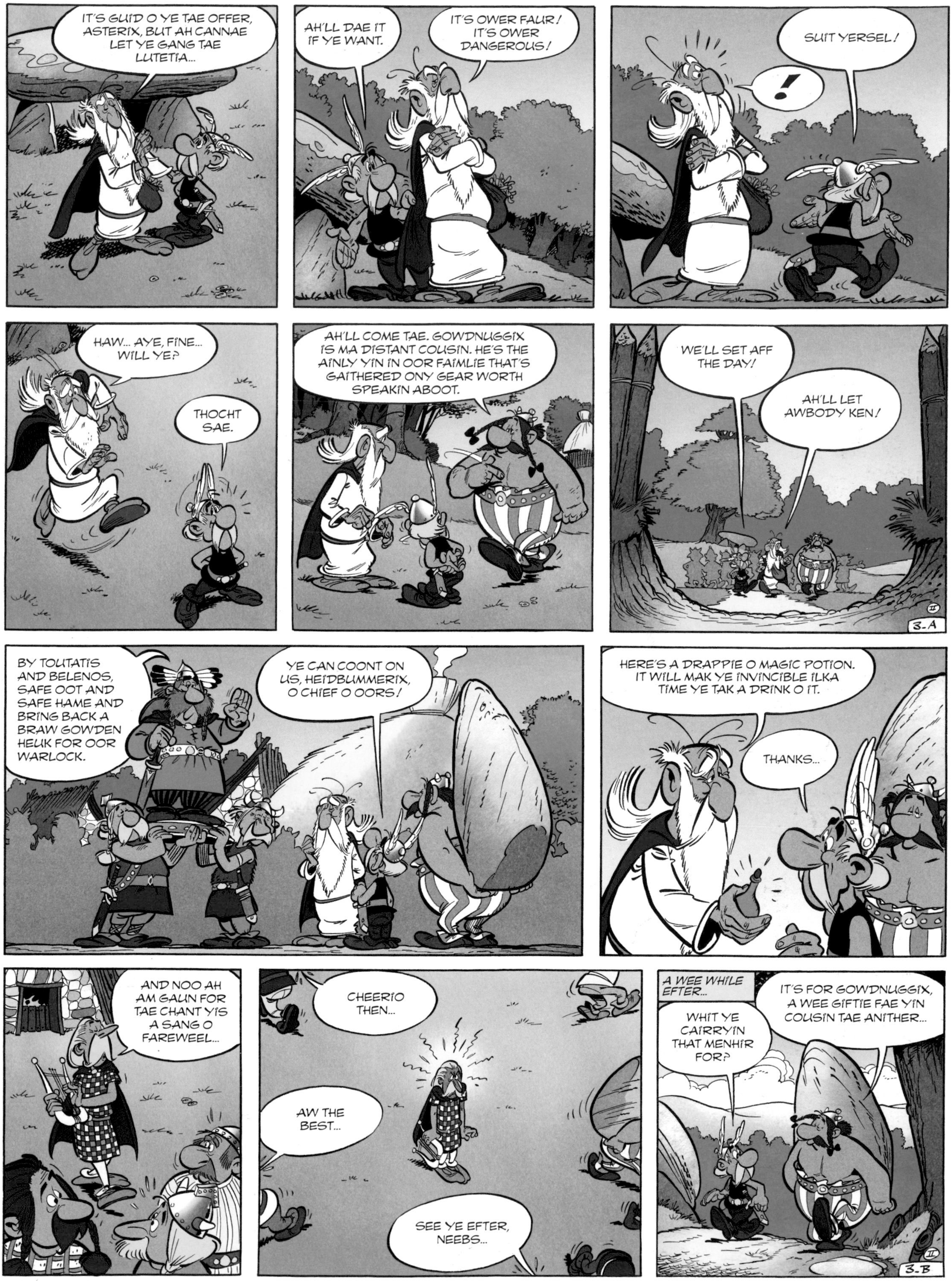
IT'S GUID O YE TAE OFFER, ASTERIX, BUT AH CANNAE LET YE GANG TAE LUTETIA...
AH'LL DAE IT IF YE WANT.
IT'S OWER FAUR! IT'S OWER DANGEROUS!
!
SUIT YERSEL!
HAW... AYE, FINE... WILL YE?
THOCHT SAE.
AH'LL COME TAE. GOWDNUGGIX IS MA DISTANT COUSIN. HE'S THE AINLY YIN IN OOR FAIMLIE THAT'S GAITHERED ONY GEAR WORTH SPEAKIN ABOOT.
WE'LL SET AFF THE DAY!
AH'LL LET AWBODY KEN!
3-A
BY TOUTATIS AND BELENOS, SAFE OOT AND SAFE HAME AND BRING BACK A BRAW GOWDEN HEUK FOR OOR WARLOCK.
YE CAN COONT ON US, HEIDBUMMERIX, O CHIEF O OORS!
HERE'S A DRAPPIE O MAGIC POTION. IT WILL MAK YE INVINCIBLE ILKA TIME YE TAK A DRINK O IT.
THANKS...
AND NOO AH AM GAUN FOR TAE CHANT YIS A SANG O FAREWEEL...
CHEERIO THEN...
AW THE BEST...
SEE YE EFTER, NEEBS...
A WEE WHILE EFTER...
WHIT YE CAIRRYIN THAT MENHIR FOR?
IT'S FOR GOWDNUGGIX, A WEE GIFTIE FAE YIN COUSIN TAE ANITHER...
3-B

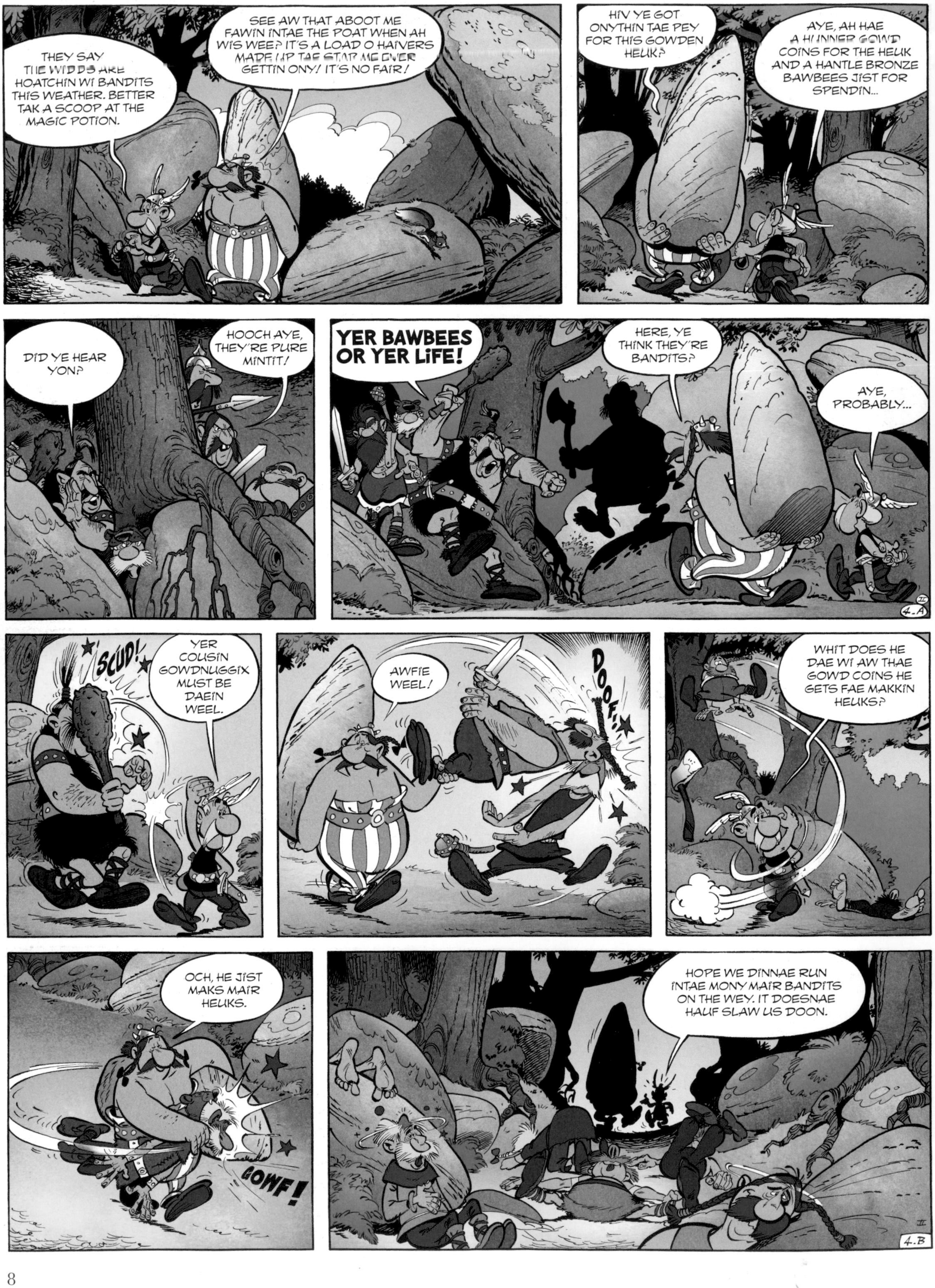
THEY SAY THE WIDDS ARE HOATCHIN WI BANDITS THIS WEATHER. BETTER TAK A SCOOP AT THE MAGIC POTION.
SEE AW THAT ABOOT ME FAWIN INTAE THE POAT WHEN AH WIS WEE? IT'S A LOAD O HAIVERS MADE UP TAE STAP ME EVER GETTIN ONY! IT'S NO FAIR!
HIV YE GOT ONYTHIN TAE PEY FOR THIS GOWDEN HEUK?
AYE, AH HAE A HUNNER GOWD COINS FOR THE HEUK AND A HANTLE BRONZE BAWBEES JIST FOR SPENDIN...
DID YE HEAR YON?
HOOCH AYE, THEY'RE PURE MINTIT!
YER BAWBEES OR YER LIFE!
HERE, YE THINK THEY'RE BANDITS?
AYE, PROBABLY...
SCUD!
YER COUSIN GOWDNUGGIX MUST BE DAEIN WEEL.
AWFIE WEEL!
DOOF!
WHIT DOES HE DAE WI AW THAE GOWD COINS HE GETS FAE MAKKIN HEUKS?
OCH, HE JIST MAKS MAIR HEUKS.
GOWF!
HOPE WE DINNAE RUN INTAE MONY MAIR BANDITS ON THE WEY. IT DOESNAE HAUF SLAW US DOON.

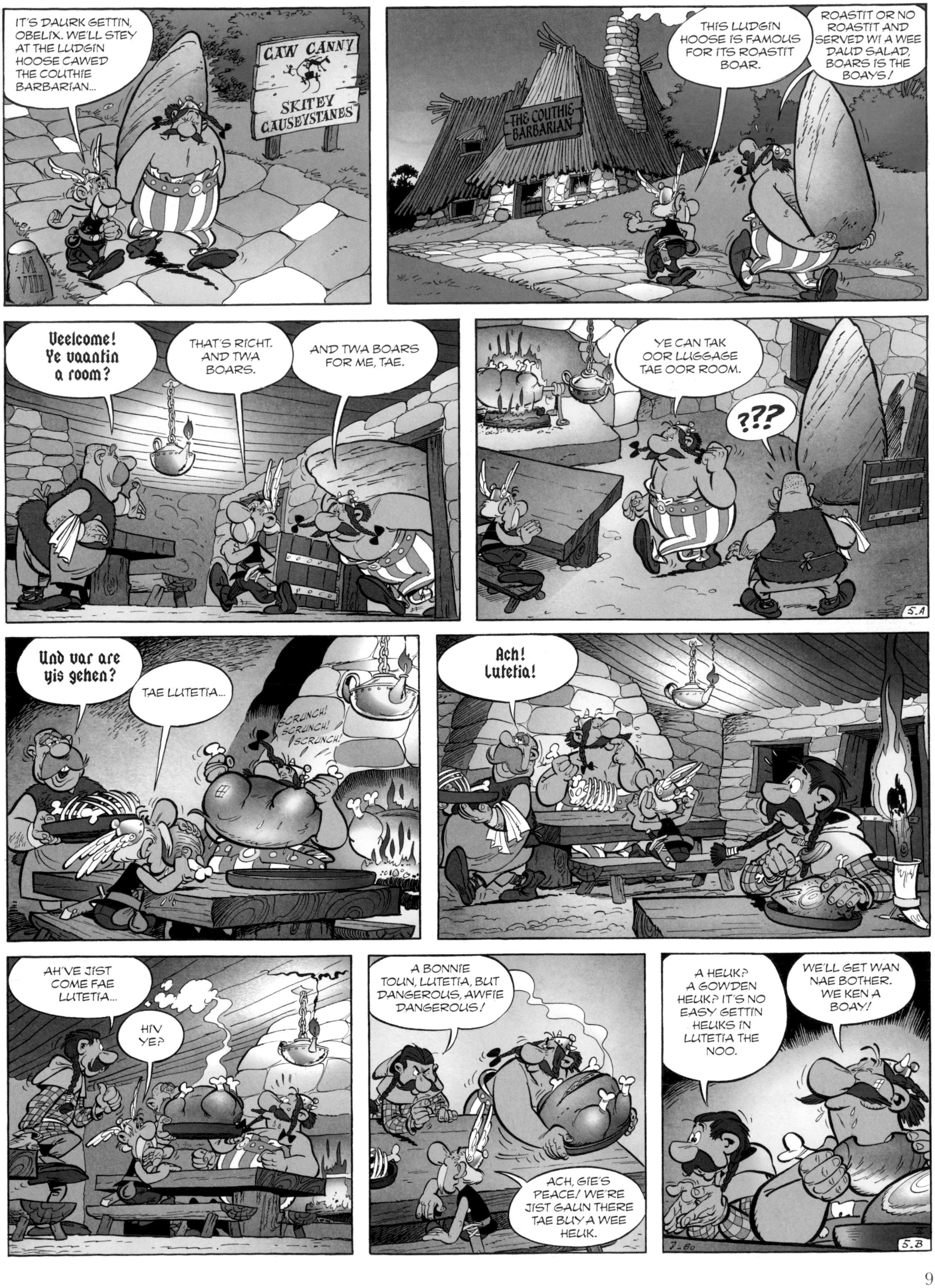
IT'S DAURK GETTIN, OBELIX. WE'LL STEY AT THE LUDGIN HOOSE CAWED THE COUTHIE BARBARIAN...
CAW CANNY
SKITEY CAUSEYSTANES
M VIII
THIS LUDGIN HOOSE IS FAMOUS FOR ITS ROASTIT BOAR.
ROASTIT OR NO ROASTIT AND SERVED WI A WEE DAUD SALAD, BOARS IS THE BOAYS!
THE COUTHIE BARBARIAN
Veelcome! Ye vaantin a room?
THAT'S RICHT. AND TWA BOARS.
AND TWA BOARS FOR ME, TAE.
YE CAN TAK OOR LUGGAGE TAE OOR ROOM.
???
Und var are yis gehen?
TAE LUTETIA...
SCRUNCH! SCRUNCH! SCRUNCH!
Ach! Lutetia!
AH'VE JIST COME FAE LUTETIA...
HIV YE?
A BONNIE TOUN, LUTETIA, BUT DANGEROUS, AWFIE DANGEROUS!
ACH, GIE'S PEACE! WE'RE JIST GAUN THERE TAE BUY A WEE HEUK.
A HEUK? A GOWDEN HEUK? IT'S NO EASY GETTIN HEUKS IN LUTETIA THE NOO.
WE'LL GET WAN NAE BOTHER. WE KEN A BOAY!

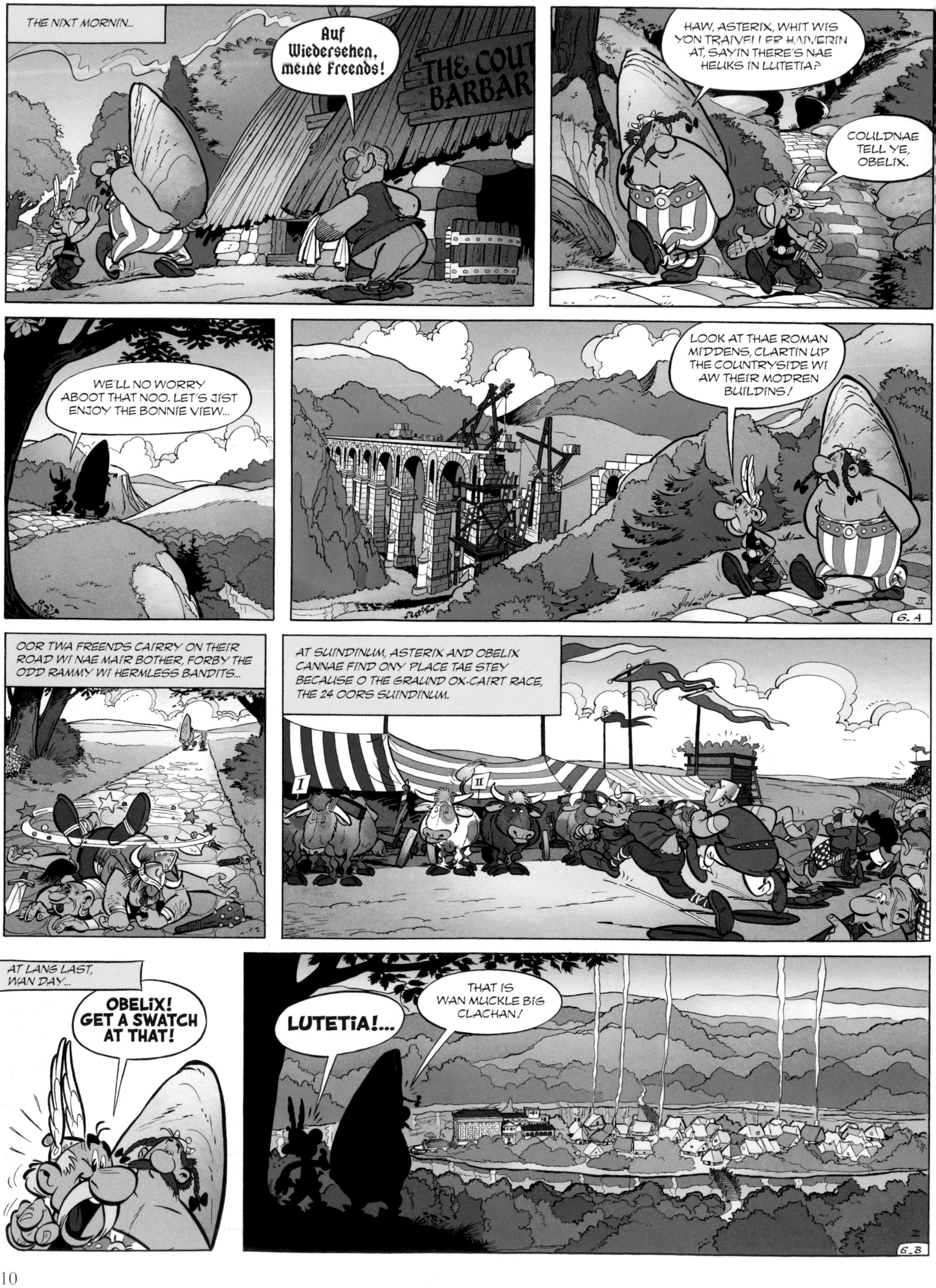
THE NIXT MORNIN...
Auf Wiedersehen, meine Freends!
HAW, ASTERIX, WHIT WIS YON TRAIVELLER HAIVERIN AT, SAYIN THERE'S NAE HEUKS IN LUTETIA?
COULDNAE TELL YE, OBELIX.
WE'LL NO WORRY ABOOT THAT NOO. LET'S JIST ENJOY THE BONNIE VIEW...
LOOK AT THAE ROMAN MIDDENS, CLARTIN UP THE COUNTRYSIDE WI AW THEIR MODREN BUILDINS!
OOR TWA FREENDS CAIRRY ON THEIR ROAD WI NAE MAIR BOTHER, FORBY THE ODD RAMMY WI HERMLESS BANDITS...
AT SUINDINUM, ASTERIX AND OBELIX CANNAE FIND ONY PLACE TAE STEY BECAUSE O THE GRAUND OX-CAIRT RACE, THE 24 OORS SUINDINUM.
AT LANG LAST, WAN DAY...
OBELIX! GET A SWATCH AT THAT!
LUTETIA!...
THAT IS WAN MUCKLE BIG CLACHAN!

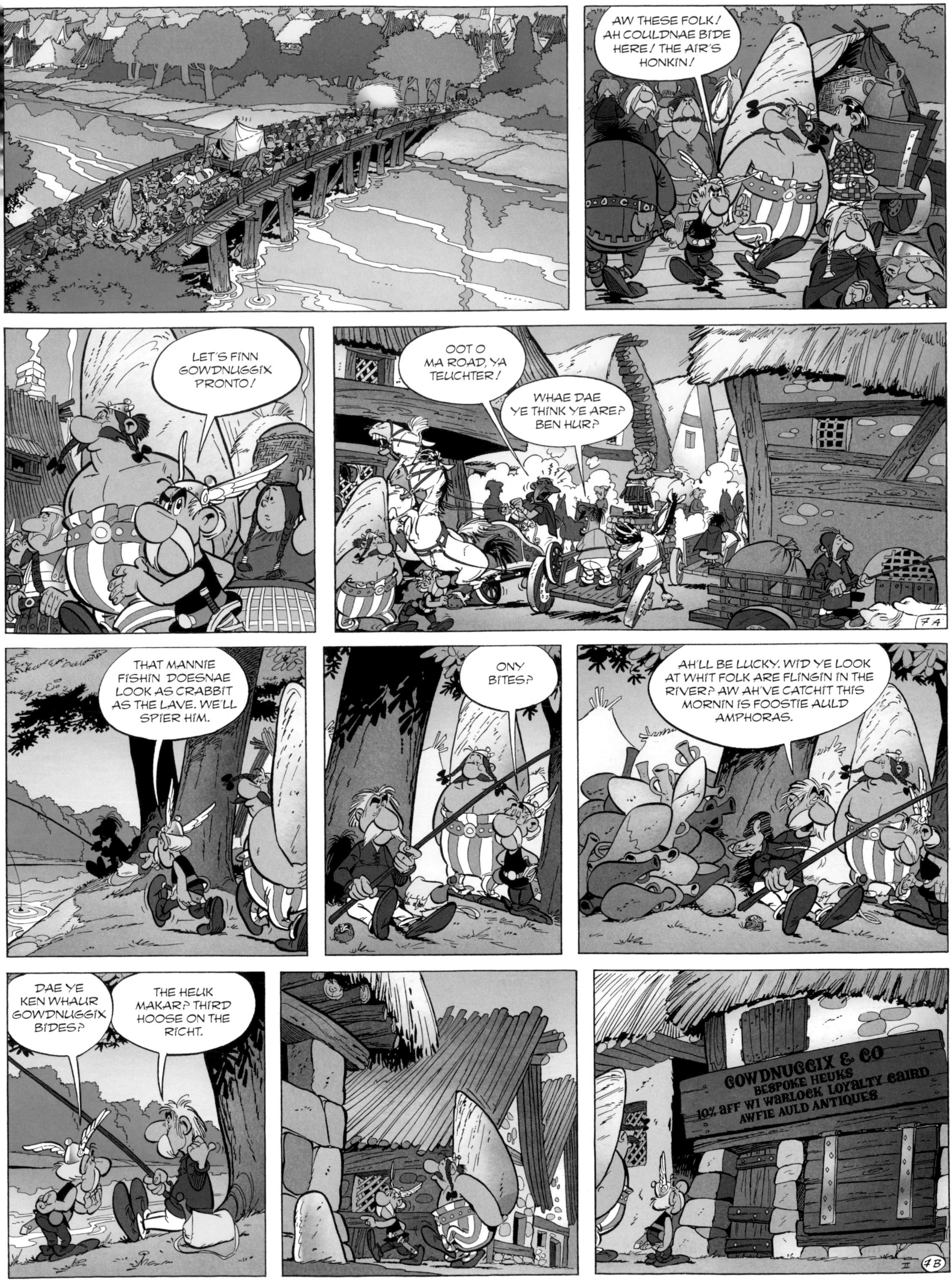
AW THESE FOLK! AH COULDNAE BIDE HERE! THE AIR'S HONKIN!
LET'S FINN GOWDNUGGIX PRONTO!
OOT O MA ROAD, YA TEUCHTER!
WHAE DAE YE THINK YE ARE? BEN HUR?
THAT MANNIE FISHIN DOESNAE LOOK AS CRABBIT AS THE LAVE. WE'LL SPIER HIM.
ONY BITES?
AH'LL BE LUCKY. WID YE LOOK AT WHIT FOLK ARE FLINGIN IN THE RIVER? AW AH'VE CATCHIT THIS MORNIN IS FOOSTIE AULD AMPHORAS.
DAE YE KEN WHAUR GOWDNUGGIX BIDES?
THE HEUK MAKAR? THIRD HOOSE ON THE RICHT.
GOWDNUGGIX & CO
BESPOKE HEUKS
10% AFF WI WARLOCK LOYALTY CAIRD
AWFIE AULD ANTIQUES

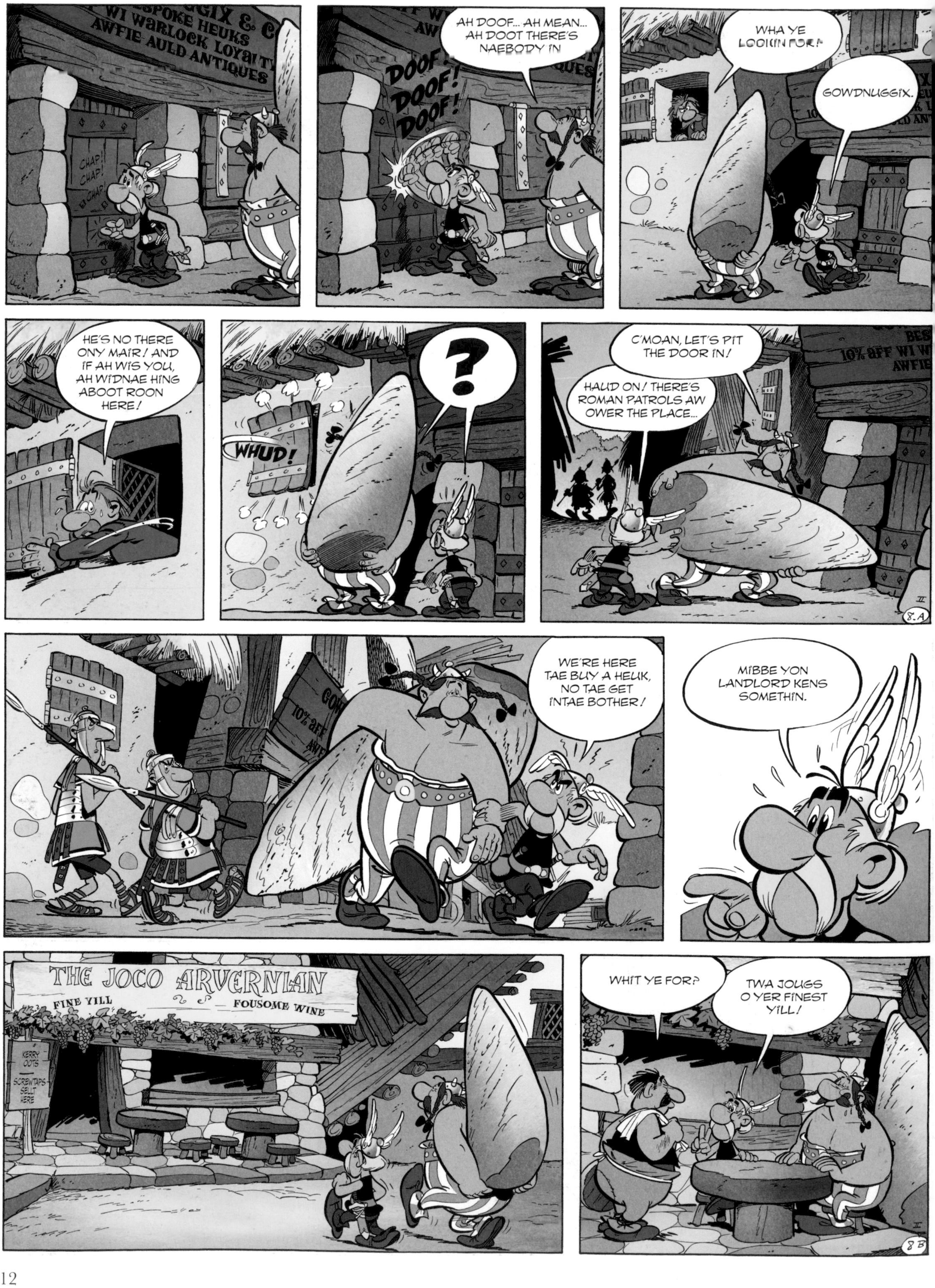
AWFIE AULD ANTIQUES
CHAP! CHAP! CHAP!
DOOF! DOOF! DOOF!
AH DOOF... AH MEAN... AH DOOT THERE'S NAEBODY IN
WHA YE LOOKIN FOR?
GOWDNUGGIX.
HE'S NO THERE ONY MAIR! AND IF AH WIS YOU, AH WIDNAE HING ABOOT ROON HERE!
WHUD!
?
C'MOAN, LET'S PIT THE DOOR IN!
HAUD ON! THERE'S ROMAN PATROLS AW OWER THE PLACE...
WE'RE HERE TAE BUY A HEUK, NO TAE GET INTAE BOTHER!
MIBBE YON LANDLORD KENS SOMETHIN.
THE JOCO ARVERNIAN
FINE YILL
FOUSOME WINE
KERRY OOTS
SCREWTAPS SELLT HERE
WHIT YE FOR?
TWA JOUGS O YER FINEST YILL!

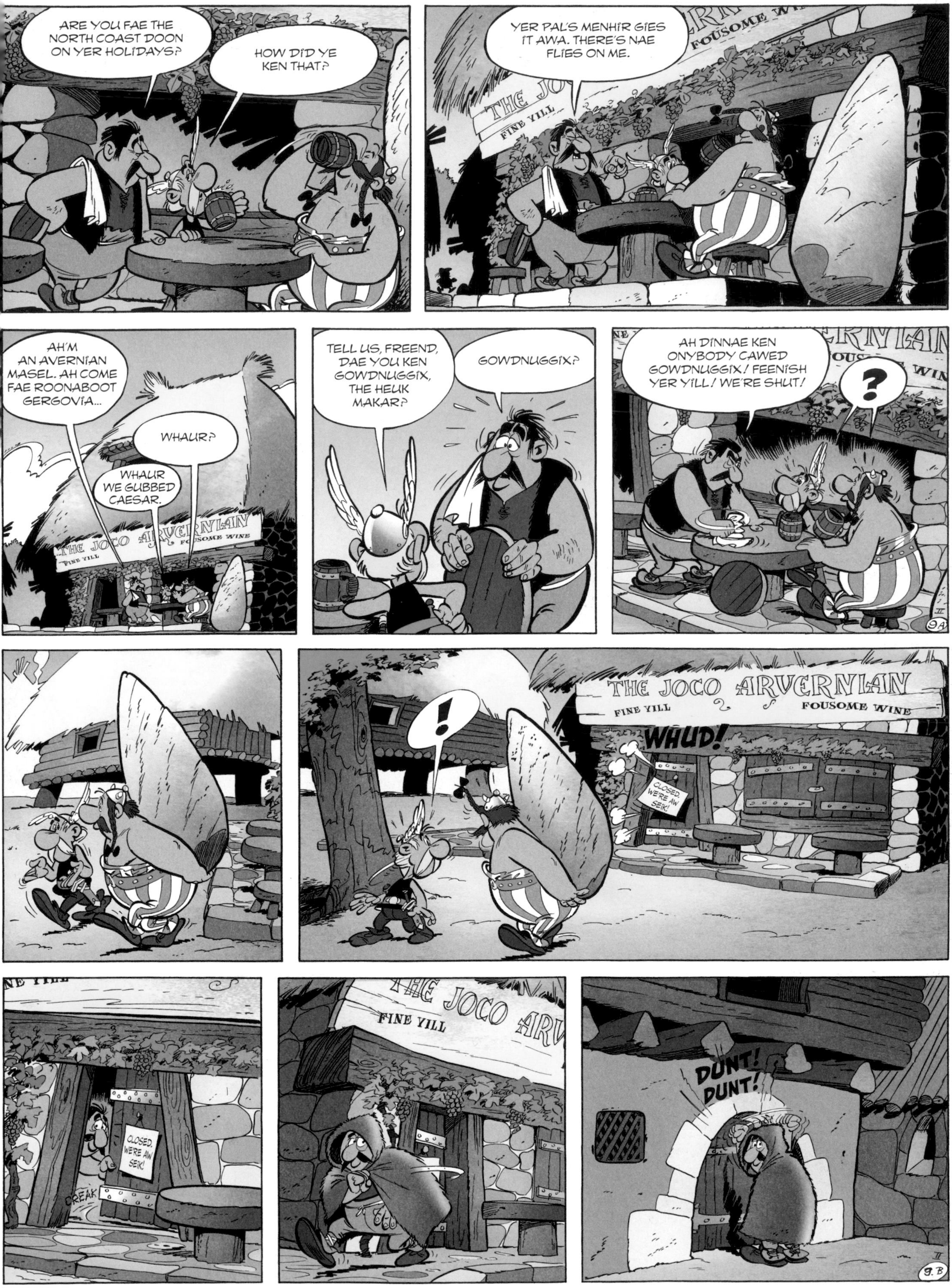

ARE YOU FAE THE NORTH COAST DOON ON YER HOLIDAYS?
HOW DID YE KEN THAT?
YER PAL'S MENHIR GIES IT AWA. THERE'S NAE FLIES ON ME.
AH'M AN AVERNIAN MASEL. AH COME FAE ROONABOOT GERGOVIA...
WHAUR?
WHAUR WE GUBBED CAESAR.
THE JOCO ARVERNIAN
FINE YILL
FOUSOME WINE
TELL US, FREEND, DAE YOU KEN GOWDNUGGIX, THE HEUK MAKAR?
GOWDNUGGIX?
AH DINNAE KEN ONYBODY CAWED GOWDNUGGIX! FEENISH YER YILL! WE'RE SHUT!
?
!
THE JOCO ARVERNIAN
FINE YILL
FOUSOME WINE
WHUD!
CLOSED, WE'RE AW SEIK!
CLOSED, WE'RE AW SEIK!
CREAK
FINE YILL
DUNT! DUNT!

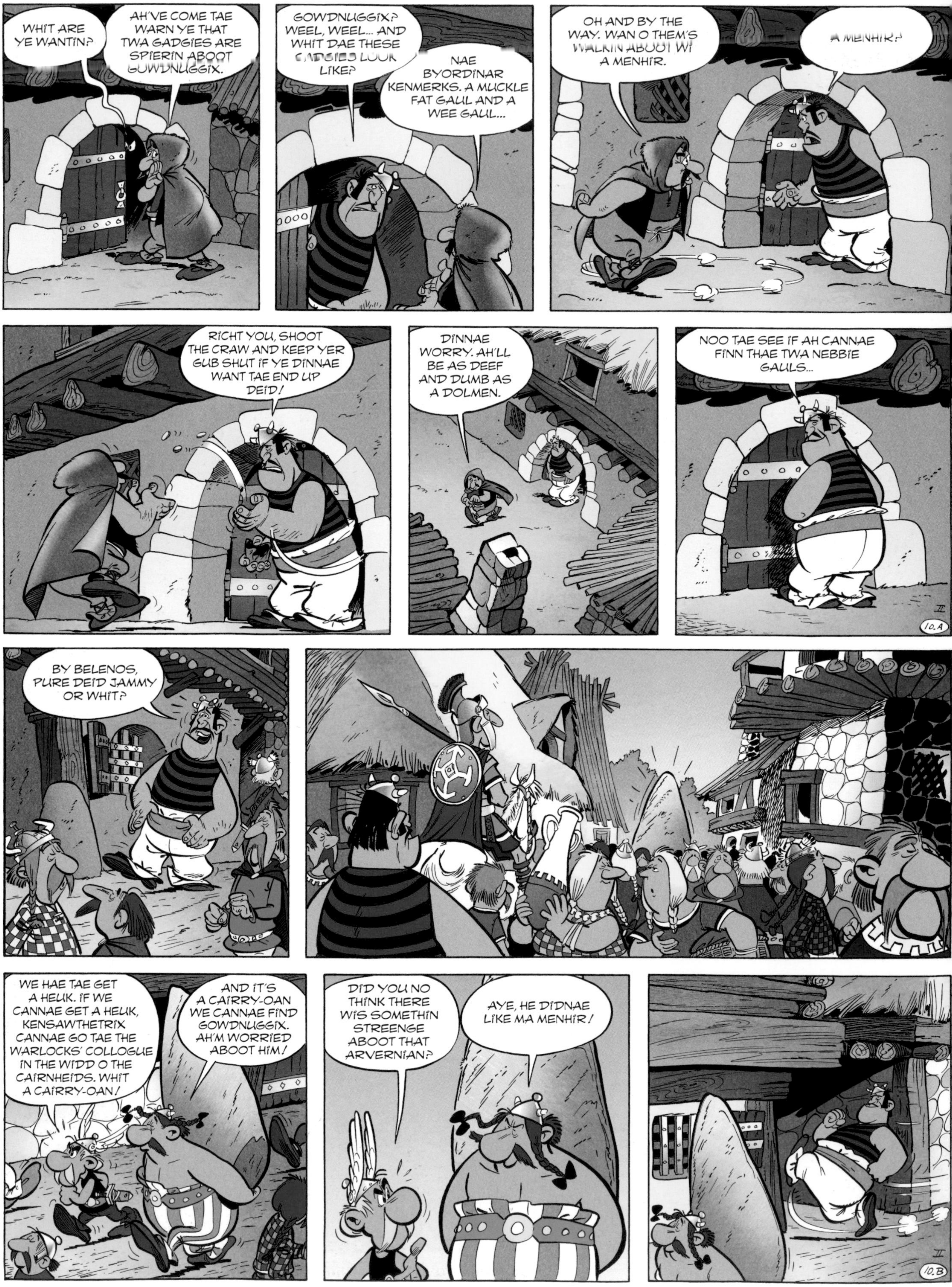
WHIT ARE YE WANTIN?
AH'VE COME TAE WARN YE THAT TWA GADGIES ARE SPIERIN ABOOT GOWDNUGGIX.
GOWDNUGGIX? WEEL, WEEL... AND WHIT DAE THESE GADGIES LOOK LIKE?
NAE BYORDINAR KENMERKS. A MUCKLE FAT GAUL AND A WEE GAUL...
OH AND BY THE WAY. WAN O THEM'S WALKIN ABOOT WI A MENHIR.
A MENHIR?
RICHT YOU, SHOOT THE CRAW AND KEEP YER GUB SHUT IF YE DINNAE WANT TAE END UP DEID!
DINNAE WORRY. AH'LL BE AS DEEF AND DUMB AS A DOLMEN.
NOO TAE SEE IF AH CANNAE FINN THAE TWA NEBBIE GAULS...
10.A
BY BELENOS, PURE DEID JAMMY OR WHIT?
WE HAE TAE GET A HEUK. IF WE CANNAE GET A HEUK, KENSAWTHETRIX CANNAE GO TAE THE WARLOCKS' COLLOGUE IN THE WIDD O THE CAIRNHEIDS. WHIT A CAIRRY-OAN!
AND IT'S A CAIRRY-OAN WE CANNAE FIND GOWDNUGGIX. AH'M WORRIED ABOOT HIM!
DID YOU NO THINK THERE WIS SOMETHIN STREENGE ABOOT THAT ARVERNIAN?
AYE, HE DIDNAE LIKE MA MENHIR!
10.B

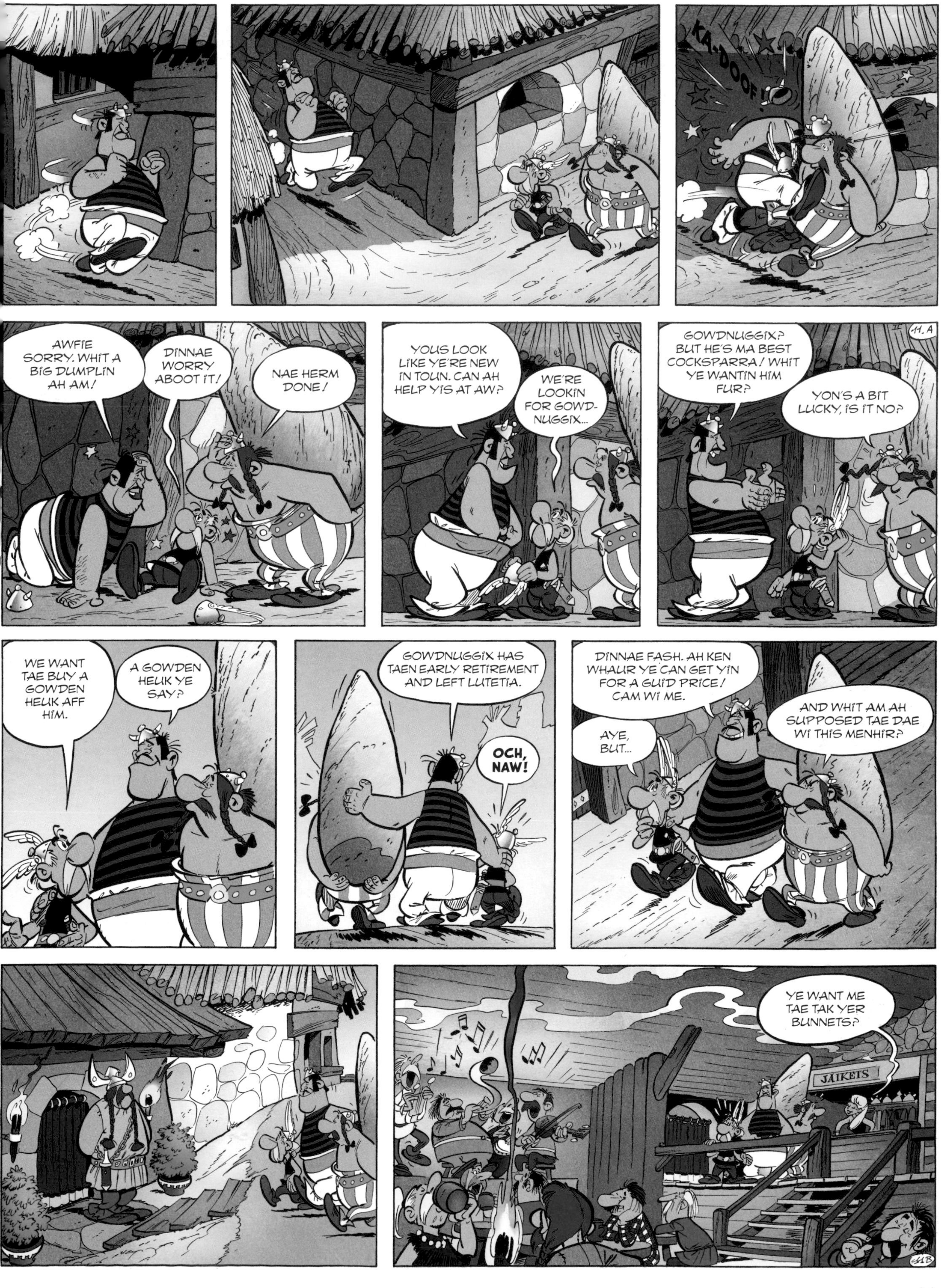
KA-DOOF!
AWFIE SORRY. WHIT A BIG DUMPLIN AH AM!
DINNAE WORRY ABOOT IT!
NAE HERM DONE!
YOUS LOOK LIKE YE'RE NEW IN TOUN. CAN AH HELP YIS AT AW?
WE'RE LOOKIN FOR GOWDNUGGIX...
GOWDNUGGIX? BUT HE'S MA BEST COCKSPARRA! WHIT YE WANTIN HIM FUR?
YON'S A BIT LUCKY, IS IT NO?
WE WANT TAE BUY A GOWDEN HEUK AFF HIM.
A GOWDEN HEUK YE SAY?
GOWDNUGGIX HAS TAEN EARLY RETIREMENT AND LEFT LUTETIA.
OCH, NAW!
DINNAE FASH. AH KEN WHAUR YE CAN GET YIN FOR A GUID PRICE! CAM WI ME.
AYE, BUT...
AND WHIT AM AH SUPPOSED TAE DAE WI THIS MENHIR?
JAIKETS
YE WANT ME TAE TAK YER BUNNETS?

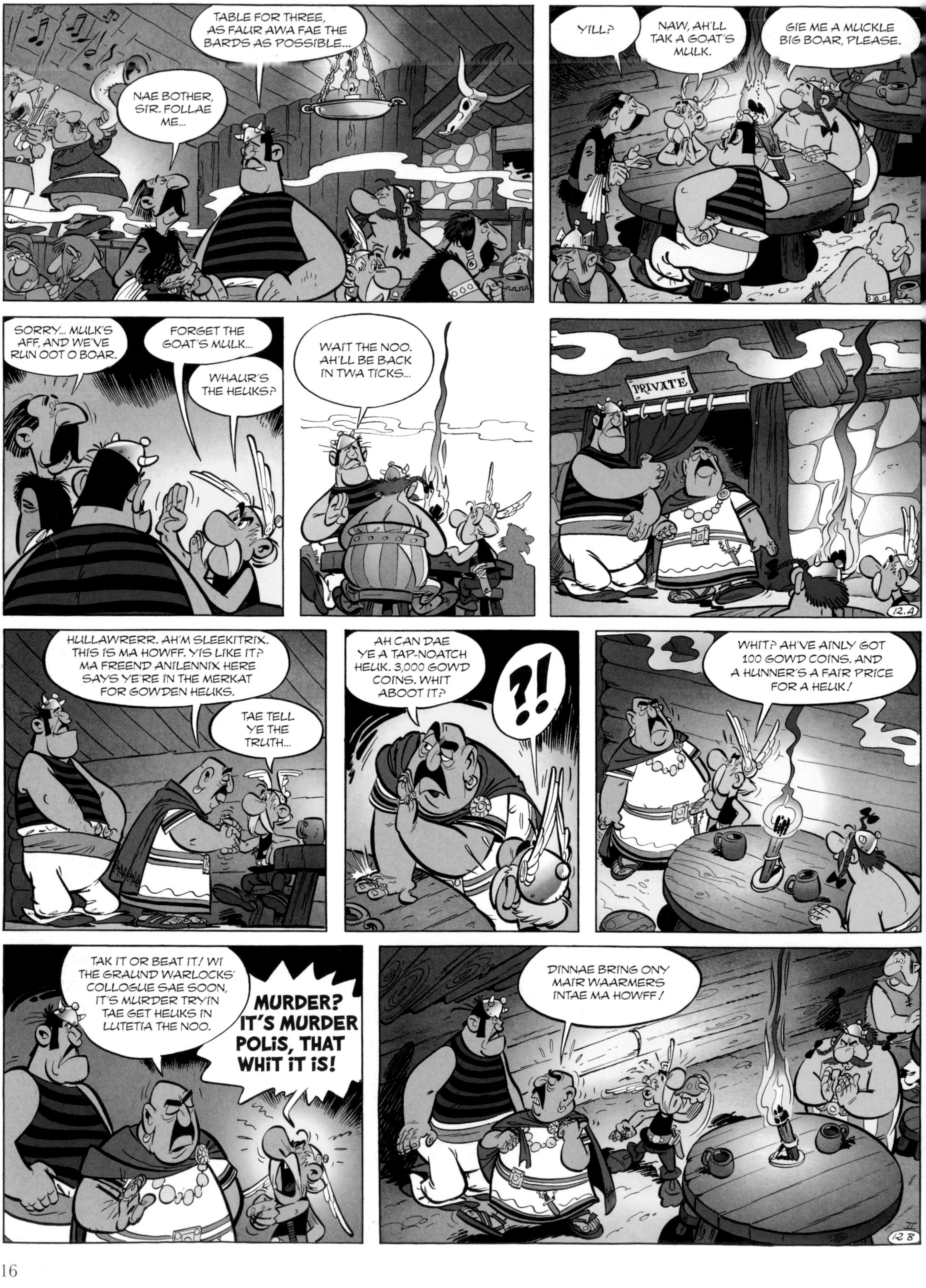
TABLE FOR THREE, AS FAUR AWA FAE THE BARDS AS POSSIBLE...
NAE BOTHER, SIR. FOLLAE ME...
YILL?
NAW, AH'LL TAK A GOAT'S MULK.
GIE ME A MUCKLE BIG BOAR, PLEASE.
SORRY... MULK'S AFF, AND WE'VE RUN OOT O BOAR.
FORGET THE GOAT'S MULK...
WHAUR'S THE HEUKS?
WAIT THE NOO. AH'LL BE BACK IN TWA TICKS...
PRIVATE
HULLAWRERR. AH'M SLEEKITRIX. THIS IS MA HOWFF. YIS LIKE IT? MA FREEND ANILENNIX HERE SAYS YE'RE IN THE MERKAT FOR GOWDEN HEUKS.
TAE TELL YE THE TRUTH...
AH CAN DAE YE A TAP-NOATCH HEUK. 3,000 GOWD COINS. WHIT ABOOT IT?
?!
WHIT? AH'VE AINLY GOT 100 GOWD COINS. AND A HUNNER'S A FAIR PRICE FOR A HEUK!
TAK IT OR BEAT IT! WI THE GRAUND WARLOCKS' COLLOGUE SAE SOON, IT'S MURDER TRYIN TAE GET HEUKS IN LUTETIA THE NOO.
MURDER? IT'S MURDER POLIS, THAT WHIT IT IS!
DINNAE BRING ONY MAIR WAARMERS INTAE MA HOWFF!

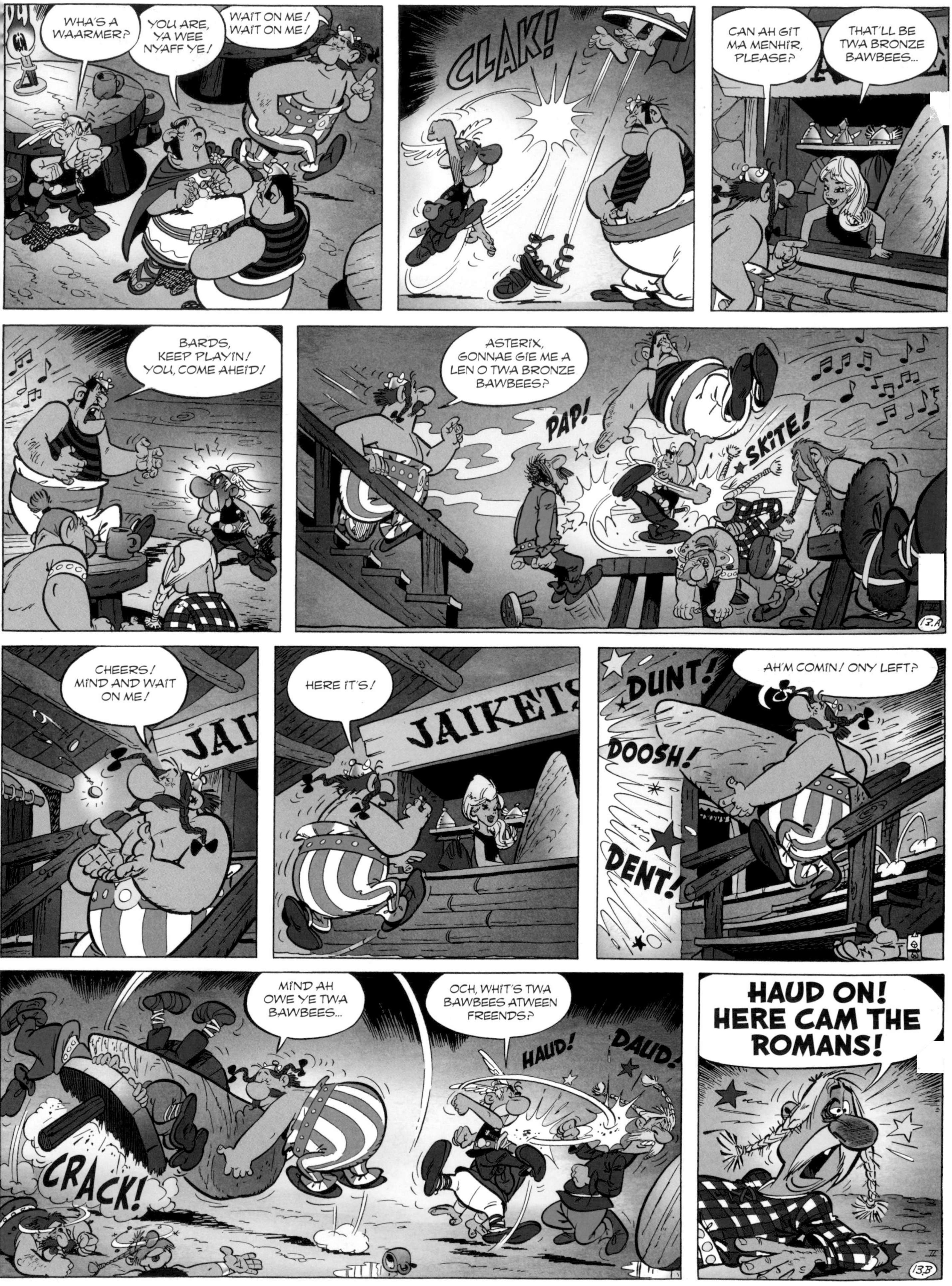

WHA'S A WAARMER?
YOU ARE, YA WEE NYAFF YE!
WAIT ON ME! WAIT ON ME!
CLAK!
CAN AH GIT MA MENHIR, PLEASE?
THAT'LL BE TWA BRONZE BAWBEES...
BARDS, KEEP PLAYIN! YOU, COME AHEID!
ASTERIX, GONNAE GIE ME A LEN O TWA BRONZE BAWBEES?
PAP!
SKITE!
CHEERS! MIND AND WAIT ON ME!
JAI
HERE IT'S!
JAIKETS
AH'M COMIN! ONY LEFT?
DUNT!
DOOSH!
DENT!
MIND AH OWE YE TWA BAWBEES...
OCH, WHIT'S TWA BAWBEES ATWEEN FREENDS?
HAUD!
DAUD!
CRACK!
HAUD ON! HERE CAM THE ROMANS!

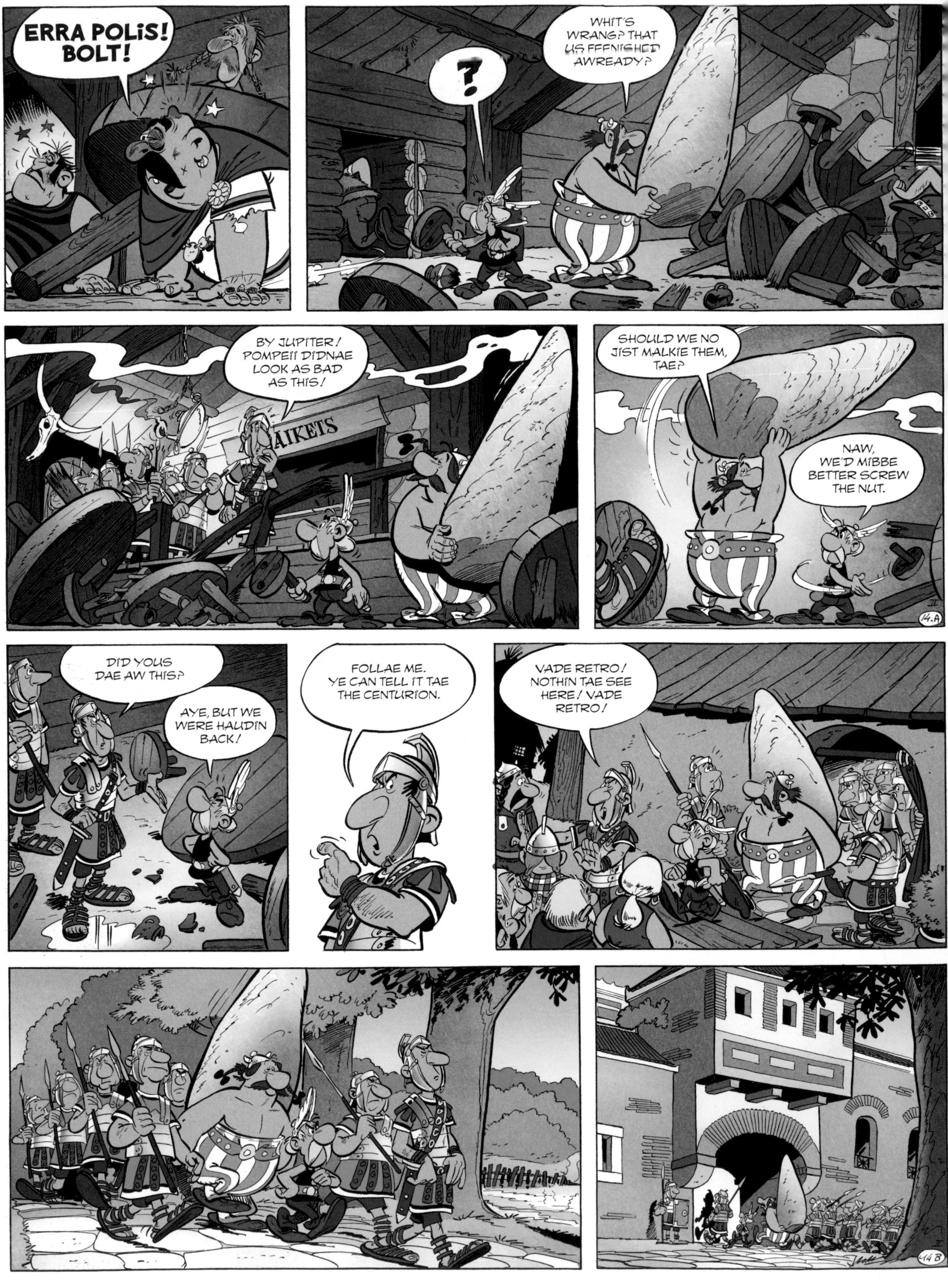
ERRA POLIS! BOLT!
?
WHIT'S WRANG? THAT US FFENISHED AWREADY?
BY JUPITER! POMPEII DIDNAE LOOK AS BAD AS THIS!
AIKETS
SHOULD WE NO JIST MALKIE THEM, TAE?
NAW, WE'D MIBBE BETTER SCREW THE NUT.
DID YOUS DAE AW THIS?
AYE, BUT WE WERE HAUDIN BACK!
FOLLAE ME. YE CAN TELL IT TAE THE CENTURION.
VADE RETRO! NOTHIN TAE SEE HERE! VADE RETRO!

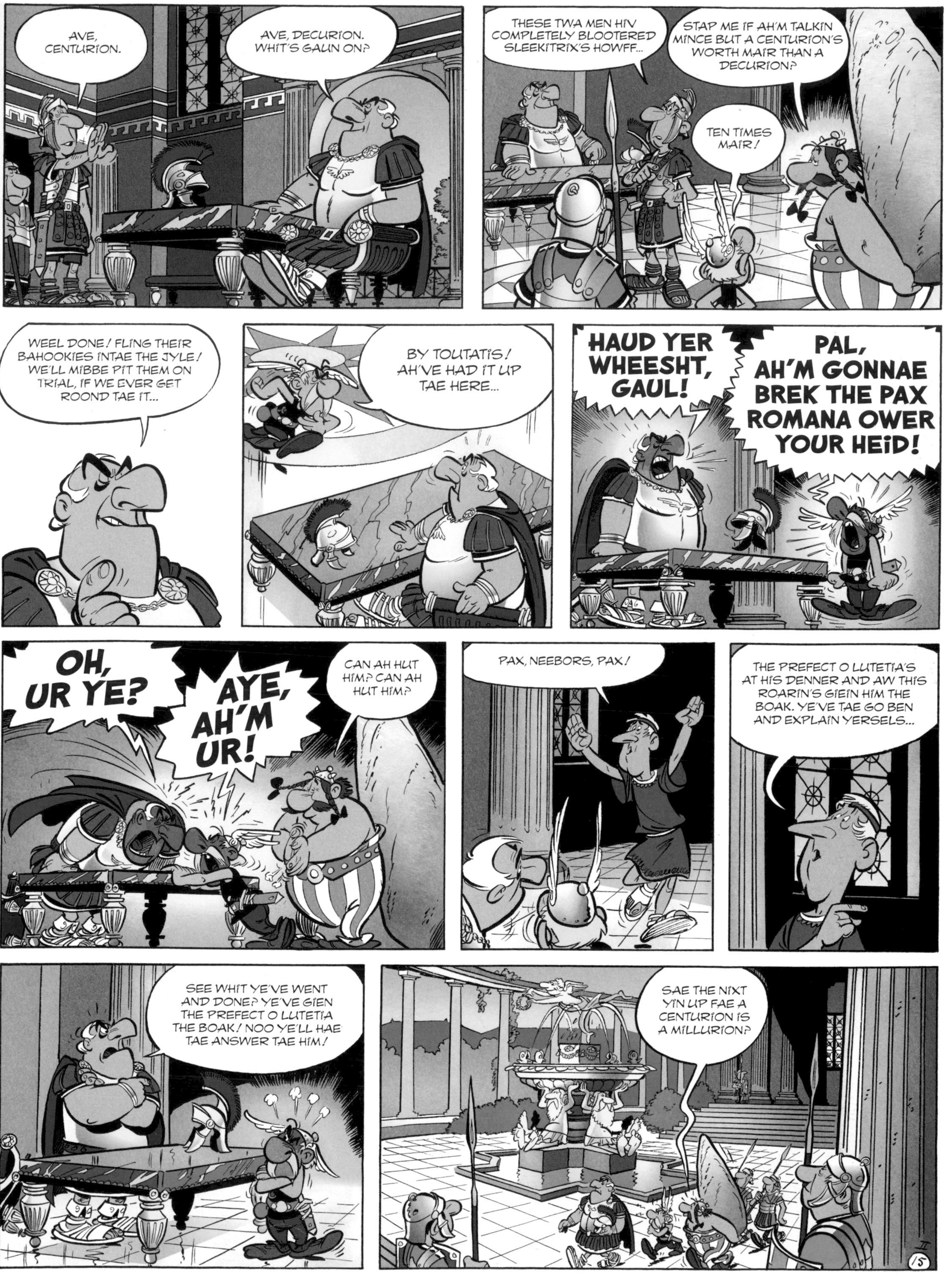
AVE, CENTURION.
AVE, DECURION. WHIT'S GAUN ON?
THESE TWA MEN HIV COMPLETELY BLOOTERED SLEEKITRIX'S HOWFF...
STAP ME IF AH'M TALKIN MINCE BUT A CENTURION'S WORTH MAIR THAN A DECURION?
TEN TIMES MAIR!
WEEL DONE! FLING THEIR BAHOOKIES INTAE THE JYLE! WE'LL MIBBE PIT THEM ON TRIAL, IF WE EVER GET ROOND TAE IT...
BY TOUTATIS! AH'VE HAD IT UP TAE HERE...
HAUD YER WHEESHT, GAUL!
PAL, AH'M GONNAE BREK THE PAX ROMANA OWER YOUR HEID!
OH, UR YE?
AYE, AH'M UR!
CAN AH HUT HIM? CAN AH HUT HIM?
PAX, NEEBORS, PAX!
THE PREFECT O LUTETIA'S AT HIS DENNER AND AW THIS ROARIN'S GIEIN HIM THE BOAK. YE'VE TAE GO BEN AND EXPLAIN YERSELS...
SEE WHIT YE'VE WENT AND DONE? YE'VE GIEN THE PREFECT O LUTETIA THE BOAK! NOO YE'LL HAE TAE ANSWER TAE HIM!
SAE THE NIXT YIN UP FAE A CENTURION IS A MILLURION?
II 15

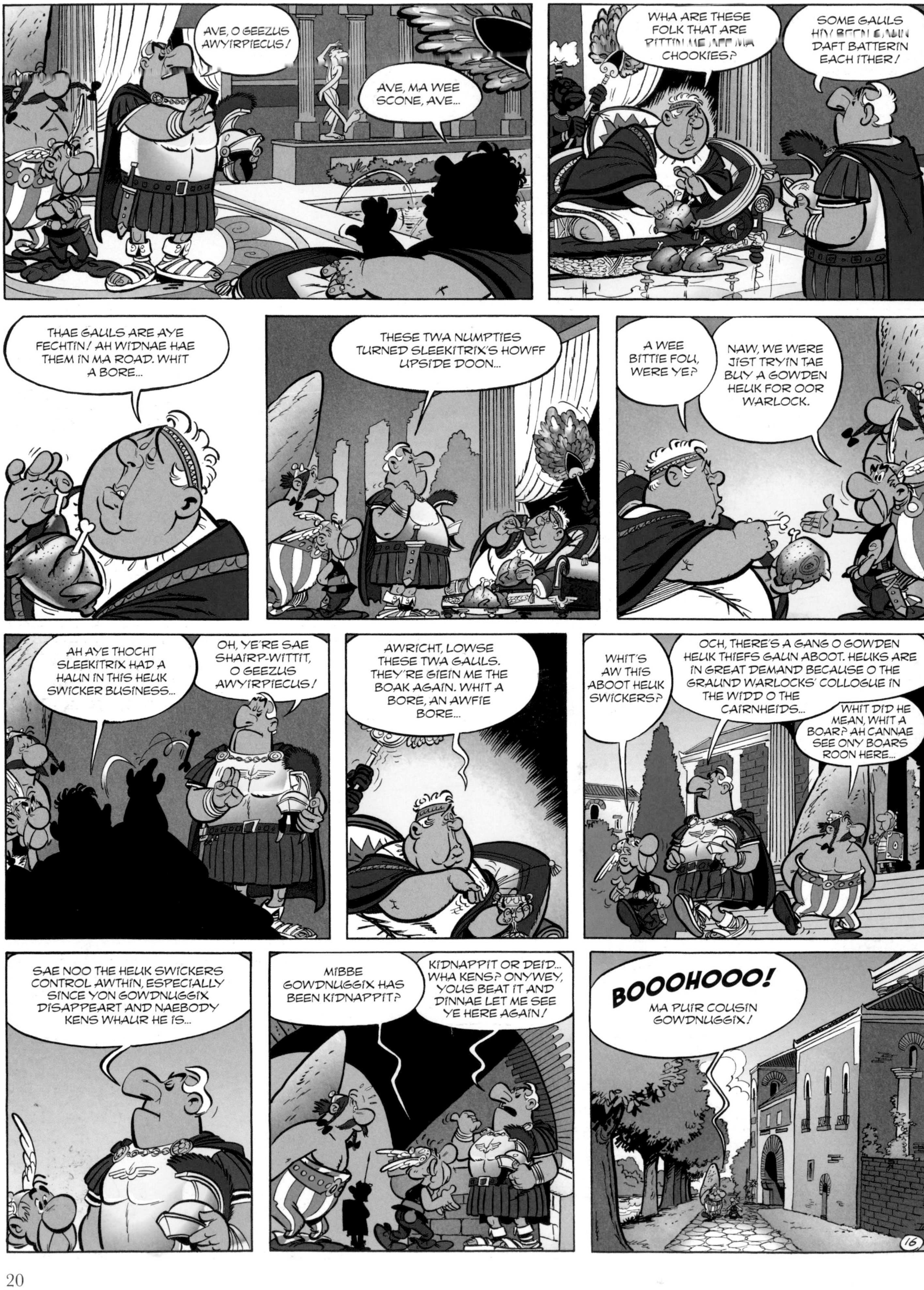
AVE, O GEEZUS AWYIRPIECUS!
AVE, MA WEE SCONE, AVE...
WHA ARE THESE FOLK THAT ARE PITTIN ME AFF MA CHOOKIES?
SOME GAULS HIV BEEN GAUN DAFT BATTERIN EACH ITHER!
THAE GAULS ARE AYE FECHTIN! AH WIDNAE HAE THEM IN MA ROAD. WHIT A BORE...
THESE TWA NUMPTIES TURNED SLEEKITRIX'S HOWFF UPSIDE DOON...
A WEE BITTIE FOU, WERE YE?
NAW, WE WERE JIST TRYIN TAE BUY A GOWDEN HEUK FOR OOR WARLOCK.
AH AYE THOCHT SLEEKITRIX HAD A HAUN IN THIS HEUK SWICKER BUSINESS...
OH, YE'RE SAE SHAIRP-WITTIT, O GEEZUS AWYIRPIECUS!
AWRICHT, LOWSE THESE TWA GAULS. THEY'RE GIEIN ME THE BOAK AGAIN. WHIT A BORE, AN AWFIE BORE...
WHIT'S AW THIS ABOOT HEUK SWICKERS?
OCH, THERE'S A GANG O GOWDEN HEUK THIEFS GAUN ABOOT. HEUKS ARE IN GREAT DEMAND BECAUSE O THE GRAUND WARLOCKS' COLLOGUE IN THE WIDD O THE CAIRNHEIDS...
WHIT DID HE MEAN, WHIT A BOAR? AH CANNAE SEE ONY BOARS ROON HERE...
SAE NOO THE HEUK SWICKERS CONTROL AWTHIN, ESPECIALLY SINCE YON GOWDNUGGIX DISAPPEART AND NAEBODY KENS WHAUR HE IS...
MIBBE GOWDNUGGIX HAS BEEN KIDNAPPIT?
KIDNAPPIT OR DEID... WHA KENS? ONYWEY, YOUS BEAT IT AND DINNAE LET ME SEE YE HERE AGAIN!
BOOOHOOO!
MA PUIR COUSIN GOWDNUGGIX!
16

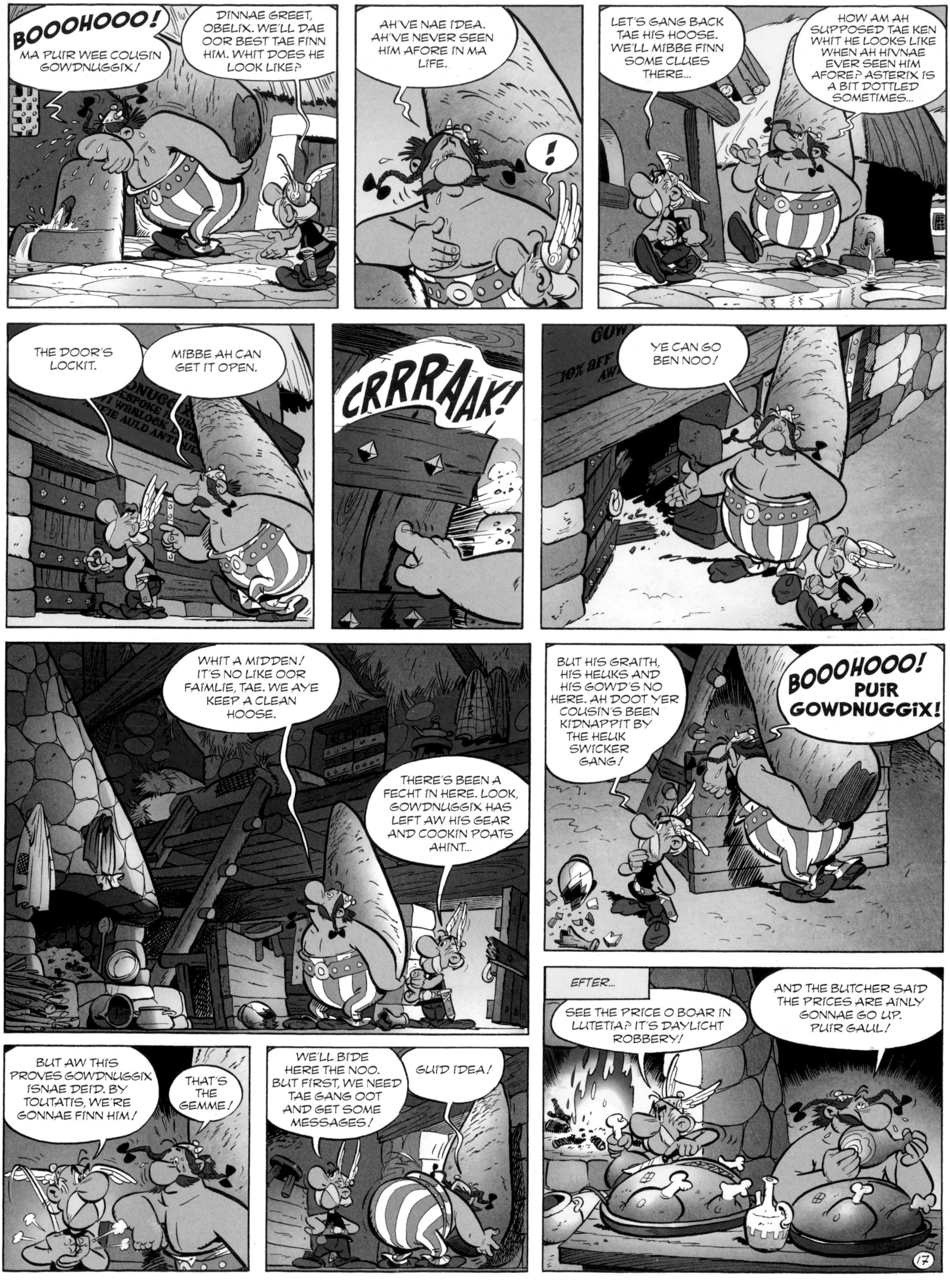
BOOOHOOO! MA PUIR WEE COUSIN GOWDNUGGIX!
DINNAE GREET, OBELIX. WE'LL DAE OOR BEST TAE FINN HIM. WHIT DOES HE LOOK LIKE?
AH'VE NAE IDEA. AH'VE NEVER SEEN HIM AFORE IN MA LIFE.
!
LET'S GANG BACK TAE HIS HOOSE. WE'LL MIBBE FINN SOME CLUES THERE...
HOW AM AH SUPPOSED TAE KEN WHIT HE LOOKS LIKE WHEN AH HIVNAE EVER SEEN HIM AFORE? ASTERIX IS A BIT DOTTLED SOMETIMES...
THE DOOR'S LOCKIT.
MIBBE AH CAN GET IT OPEN.
CRRRAAK!
YE CAN GO BEN NOO!
WHIT A MIDDEN! IT'S NO LIKE OOR FAIMLIE, TAE. WE AYE KEEP A CLEAN HOOSE.
THERE'S BEEN A FECHT IN HERE. LOOK, GOWDNUGGIX HAS LEFT AW HIS GEAR AND COOKIN POATS AHINT...
BUT HIS GRAITH, HIS HEUKS AND HIS GOWD'S NO HERE. AH DOOT YER COUSIN'S BEEN KIDNAPPIT BY THE HEUK SWICKER GANG!
BOOOHOOO! PUIR GOWDNUGGIX!
BUT AW THIS PROVES GOWDNUGGIX ISNAE DEID. BY TOUTATIS, WE'RE GONNAE FINN HIM!
THAT'S THE GEMME!
WE'LL BIDE HERE THE NOO. BUT FIRST, WE NEED TAE GANG OOT AND GET SOME MESSAGES!
GUID IDEA!
EFTER...
SEE THE PRICE O BOAR IN LUTETIA? IT'S DAYLICHT ROBBERY!
AND THE BUTCHER SAID THE PRICES ARE AINLY GONNAE GO UP. PUIR GAUL!
17

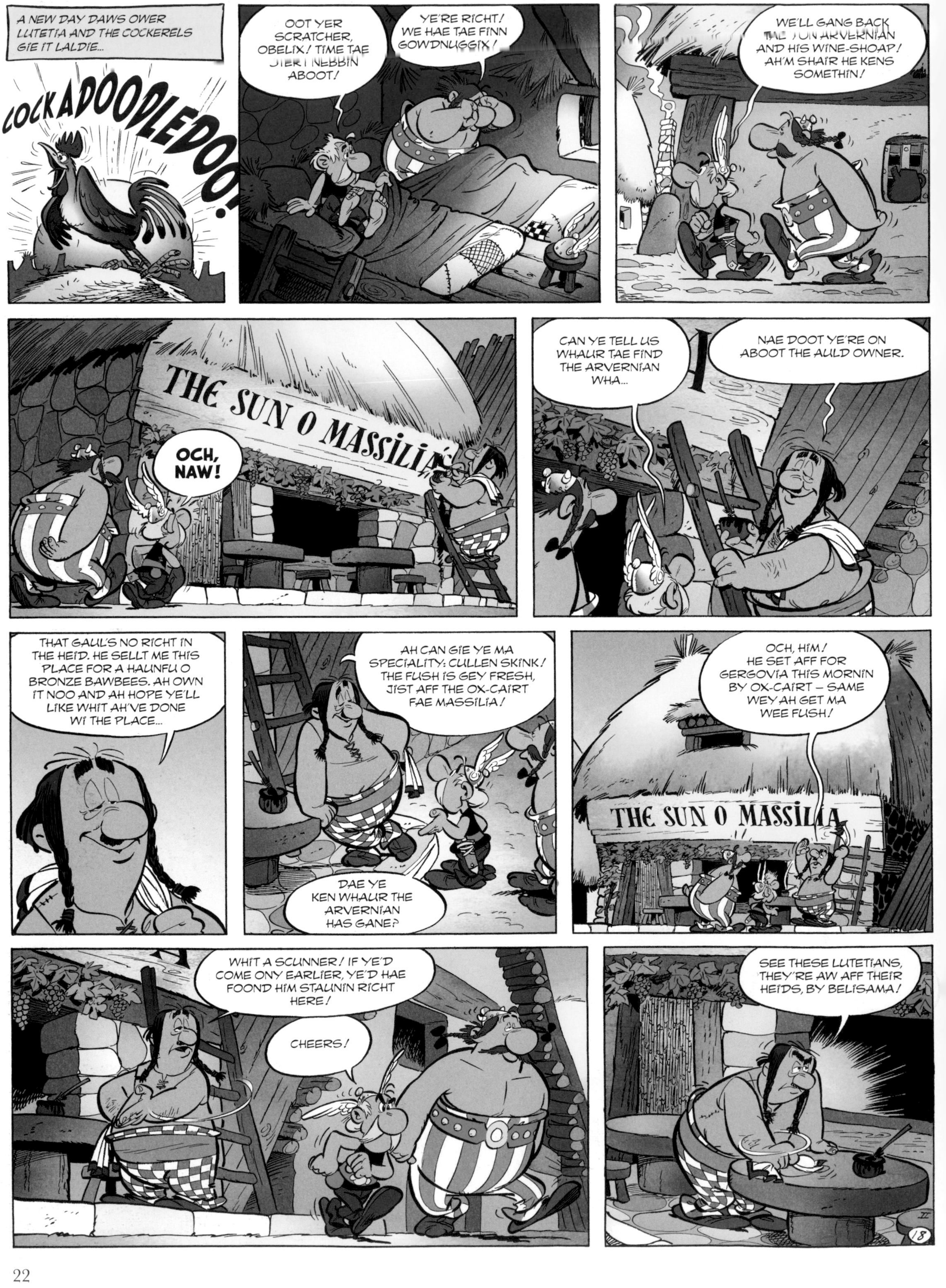

A NEW DAY DAWS OWER LUTETIA AND THE COCKERELS GIE IT LALDIE...
COCKADOODLEDOO!
OOT YER SCRATCHER, OBELIX! TIME TAE STERT NEBBIN ABOOT!
YE'RE RICHT! WE HAE TAE FINN GOWDNUGGIX!
WE'LL GANG BACK TAE YON ARVERNIAN AND HIS WINE-SHOAP! AH'M SHAIR HE KENS SOMETHIN!
THE SUN O MASSILIA
OCH, NAW!
CAN YE TELL US WHAUR TAE FIND THE ARVERNIAN WHA...
NAE DOOT YE'RE ON ABOOT THE AULD OWNER.
THAT GAUL'S NO RICHT IN THE HEID. HE SELLT ME THIS PLACE FOR A HAUNFU O BRONZE BAWBEES. AH OWN IT NOO AND AH HOPE YE'LL LIKE WHIT AH'VE DONE WI THE PLACE...
AH CAN GIE YE MA SPECIALITY: CULLEN SKINK! THE FUSH IS GEY FRESH, JIST AFF THE OX-CAIRT FAE MASSILIA!
DAE YE KEN WHAUR THE ARVERNIAN HAS GANE?
OCH, HIM! HE SET AFF FOR GERGOVIA THIS MORNIN BY OX-CAIRT – SAME WEY AH GET MA WEE FUSH!
THE SUN O MASSILIA
WHIT A SCUNNER! IF YE'D COME ONY EARLIER, YE'D HAE FOOND HIM STAUNIN RICHT HERE!
CHEERS!
SEE THESE LUTETIANS, THEY'RE AW AFF THEIR HEIDS, BY BELISAMA!
18

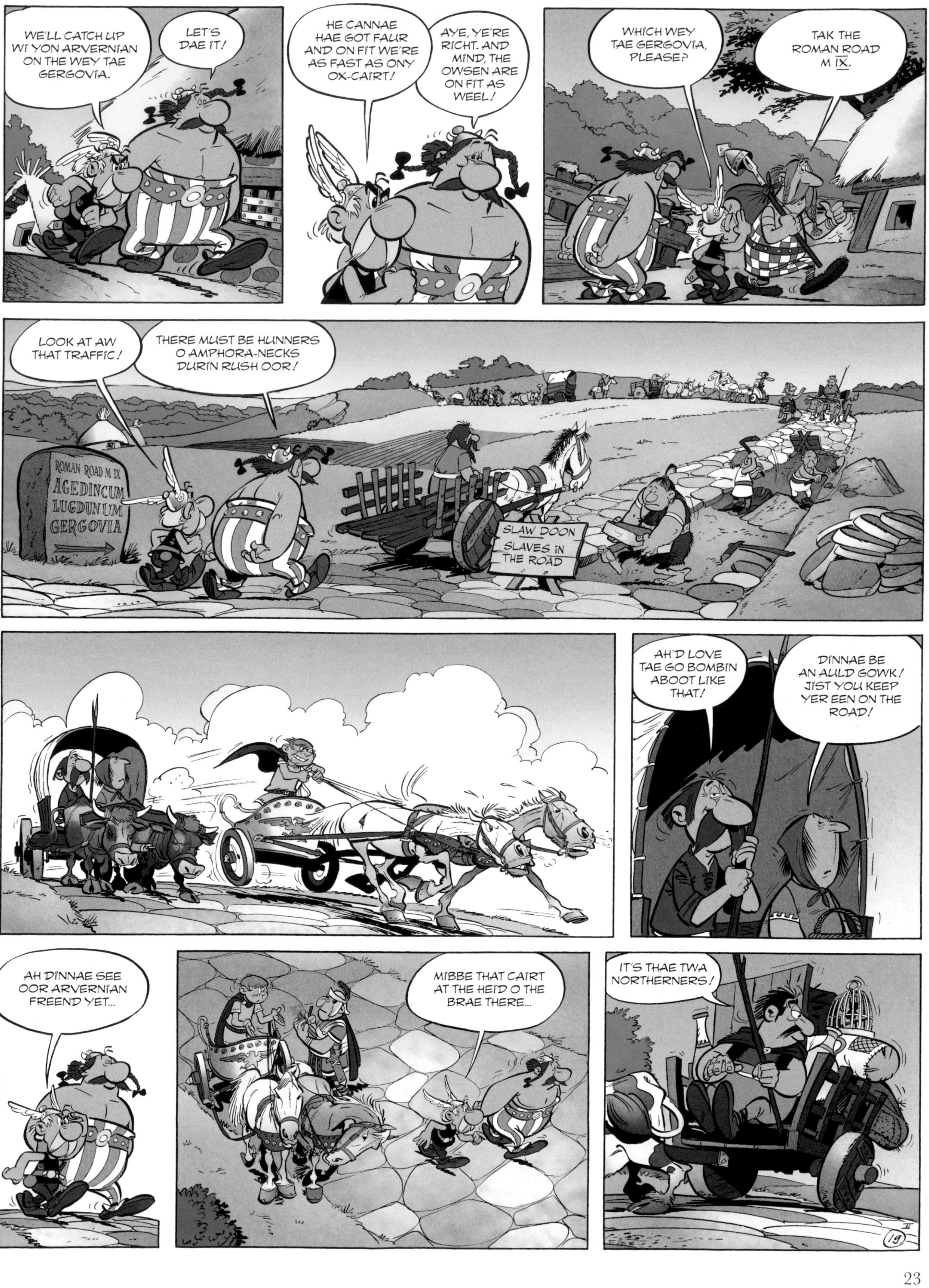
WE'LL CATCH UP Wi YON ARVERNiAN ON THE WEY TAE GERGOViA.
LET'S DAE iT!
HE CANNAE HAE GOT FAUR AND ON FiT WE'RE AS FAST AS ONY OX-CAiRT!
AYE, YE'RE RiCHT. AND MiND, THE OWSEN ARE ON FiT AS WEEL!
WHiCH WEY TAE GERGOViA, PLEASE?
TAK THE ROMAN ROAD M IX.
LOOK AT AW THAT TRAFFiC!
THERE MUST BE HUNNERS O AMPHORA-NECKS DURiN RUSH OOR!
ROMAN ROAD M IX AGEDINCUM LUGDUNUM GERGOVIA
SLAW DOON SLAVES iN THE ROAD
AH'D LOVE TAE GO BOMBiN ABOOT LiKE THAT!
DiNNAE BE AN AULD GOWK! JiST YOU KEEP YER EEN ON THE ROAD!
AH DiNNAE SEE OOR ARVERNiAN FREEND YET...
MiBBE THAT CAiRT AT THE HEiD O THE BRAE THERE...
iT'S THAE TWA NORTHERNERS!
19

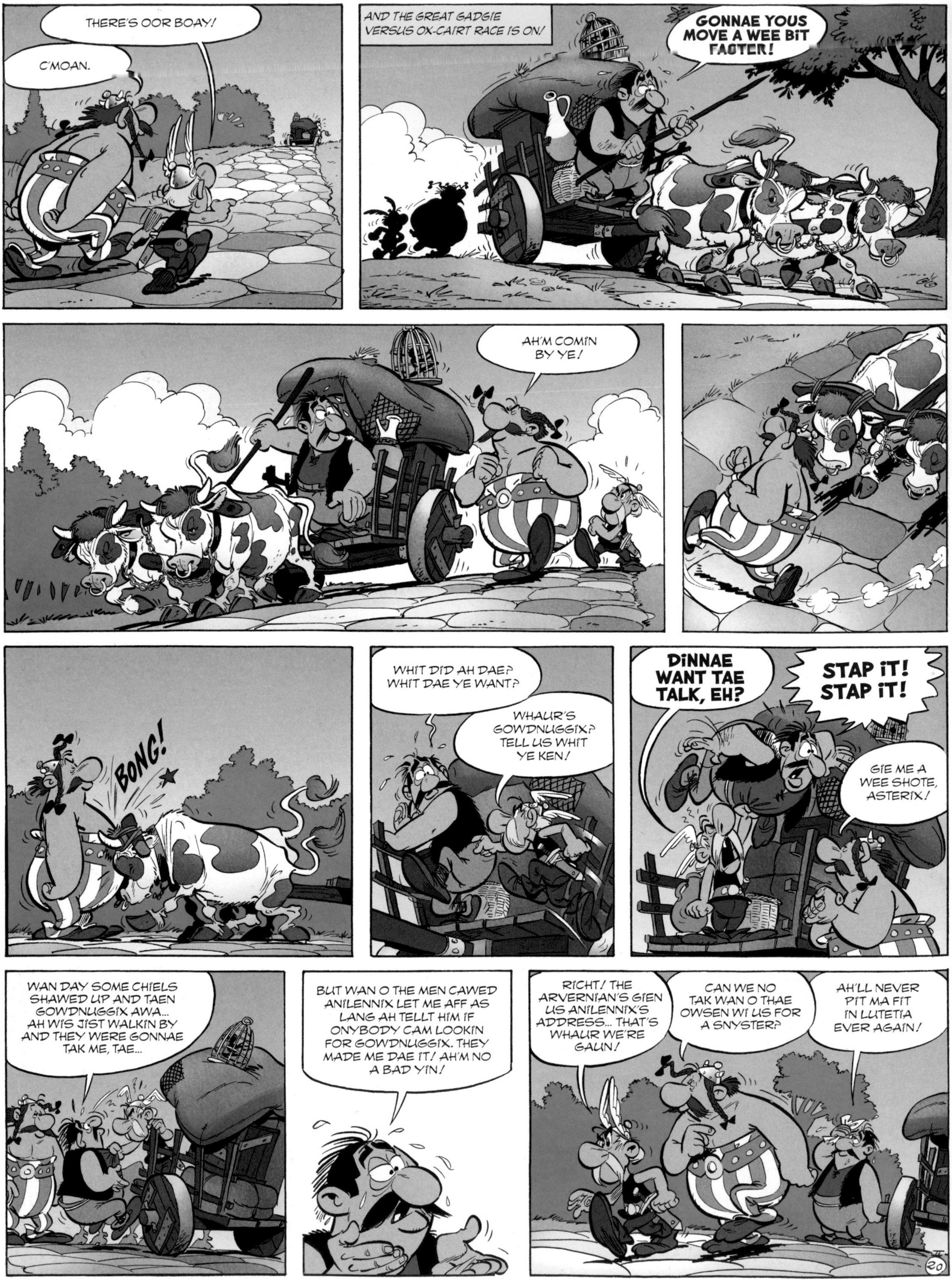
THERE'S OOR BOAY!
C'MOAN.
AND THE GREAT GADGIE VERSUS OX-CAIRT RACE IS ON!
GONNAE YOUS MOVE A WEE BIT FASTER!
AH'M COMIN BY YE!
BONG!
WHIT DID AH DAE? WHIT DAE YE WANT?
WHAUR'S GOWDNUGGIX? TELL US WHIT YE KEN!
DINNAE WANT TAE TALK, EH?
STAP IT! STAP IT!
GIE ME A WEE SHOTE, ASTERIX!
WAN DAY SOME CHIELS SHAWED UP AND TAEN GOWDNUGGIX AWA... AH WIS JIST WALKIN BY AND THEY WERE GONNAE TAK ME, TAE...
BUT WAN O THE MEN CAWED ANILENNIX LET ME AFF AS LANG AH TELLT HIM IF ONYBODY CAM LOOKIN FOR GOWDNUGGIX. THEY MADE ME DAE IT! AH'M NO A BAD YIN!
RICHT! THE ARVERNIAN'S GIEN US ANILENNIX'S ADDRESS... THAT'S WHAUR WE'RE GAUN!
CAN WE NO TAK WAN O THAE OWSEN WI US FOR A SNYSTER?
AH'LL NEVER PIT MA FIT IN LUTETIA EVER AGAIN!
20

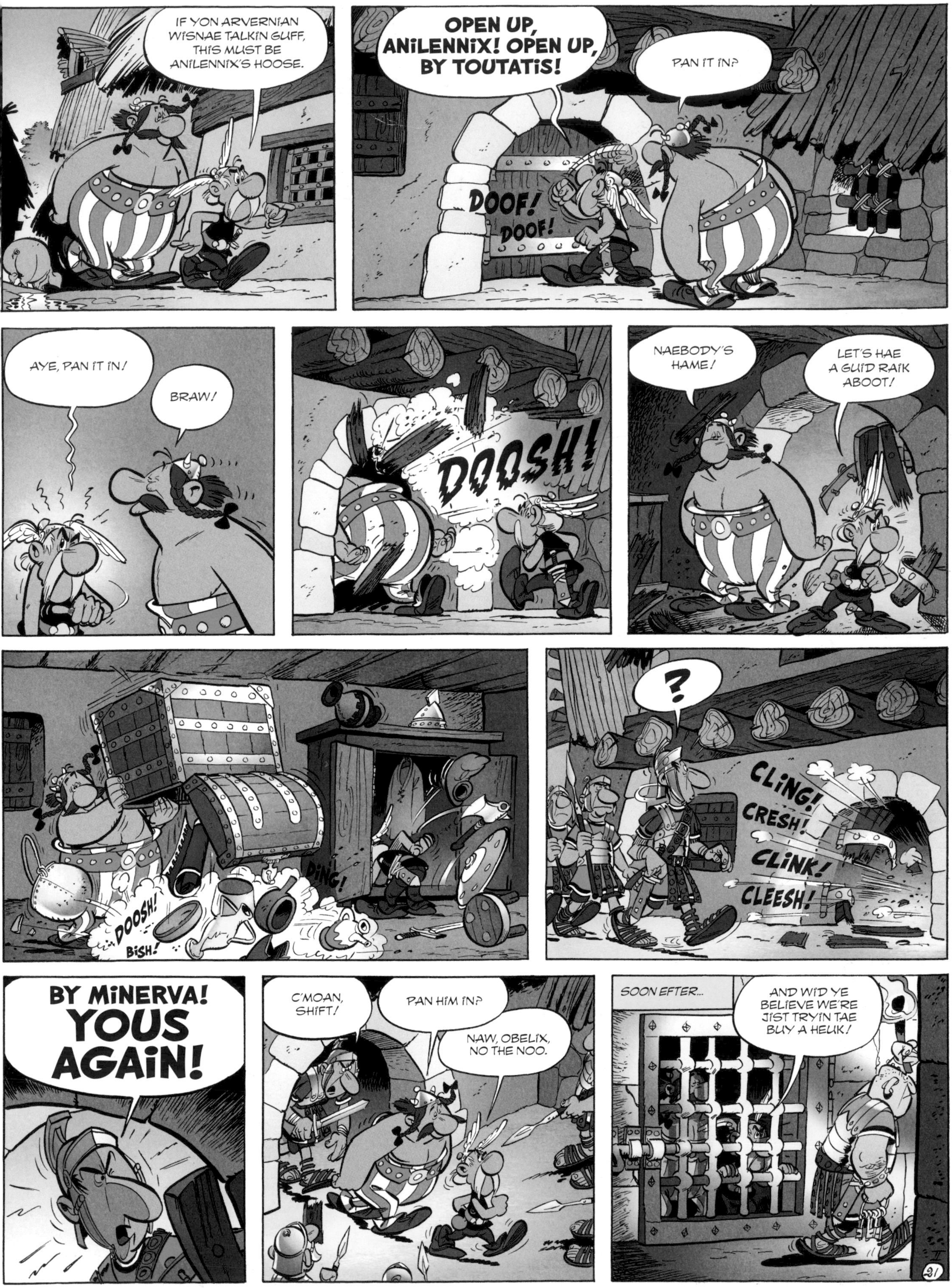
IF YON ARVERNIAN WISNAE TALKIN GUFF, THIS MUST BE ANILENNIX'S HOOSE.
OPEN UP, ANILENNIX! OPEN UP, BY TOUTATIS!
DOOF! DOOF!
PAN IT IN?
AYE, PAN IT IN!
BRAW!
DOOSH!
NAEBODY'S HAME!
LET'S HAE A GUID RAIK ABOOT!
DOOSH!
BISH!
DING!
?
CLING! CRESH! CLINK! CLEESH!
BY MINERVA! YOUS AGAIN!
C'MOAN, SHIFT!
PAN HIM IN?
NAW, OBELIX, NO THE NOO.
SOON EFTER...
AND WID YE BELIEVE WE'RE JIST TRYIN TAE BUY A HEUK!
31

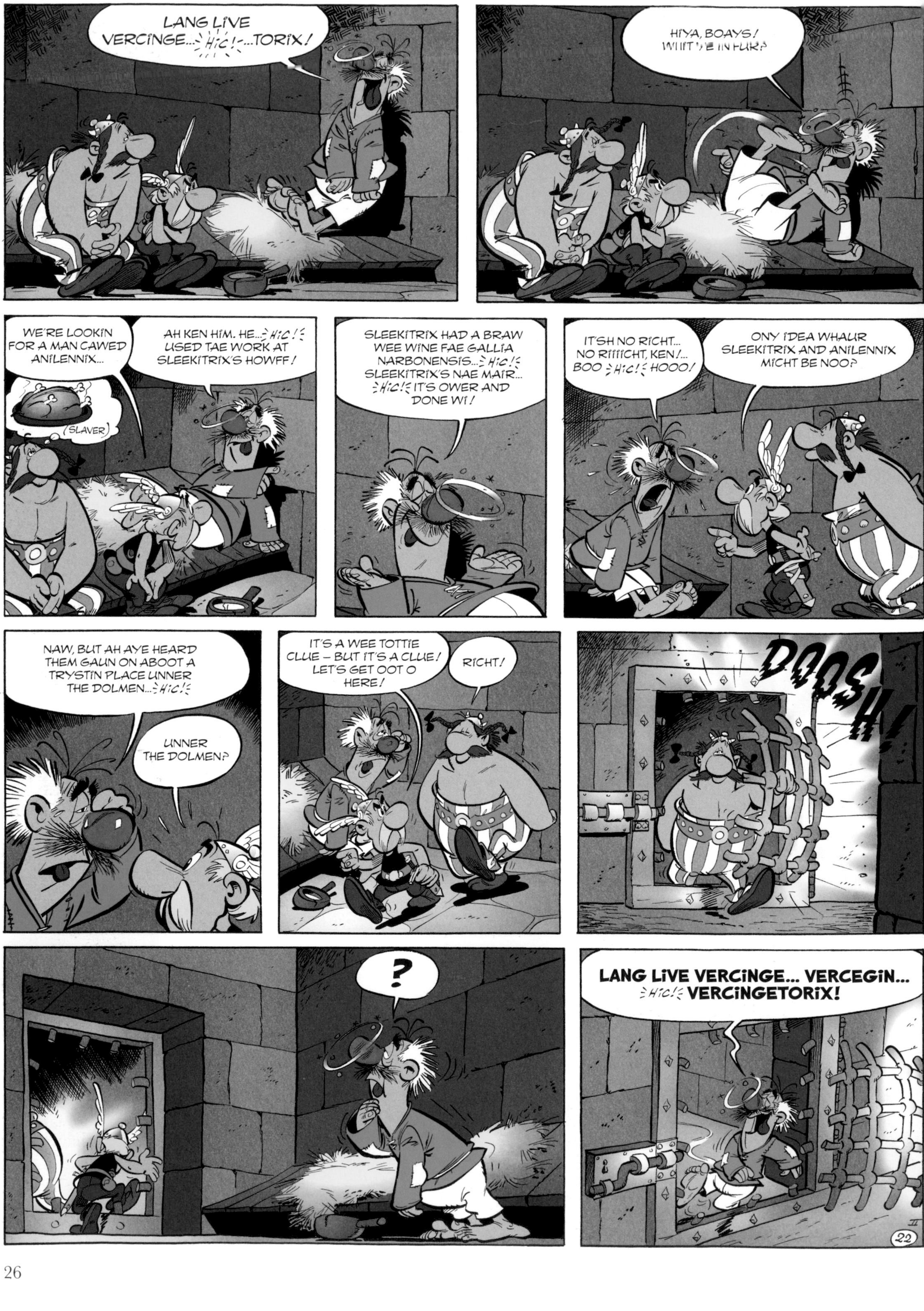

LANG LIVE VERCINGE... HIC! ...TORIX!
HIYA, BOAYS! WHIT'VE IN FUR?
WE'RE LOOKIN FOR A MAN CAWED ANILENNIX...
AH KEN HIM. HE... HIC! USED TAE WORK AT SLEEKITRIX'S HOWFF!
(SLAVER)
SLEEKITRIX HAD A BRAW WEE WINE FAE GALLIA NARBONENSIS... HIC! SLEEKITRIX'S NAE MAIR... HIC! IT'S OWER AND DONE WI!
IT'SH NO RICHT... NO RIIIICHT, KEN!... BOO HIC! HOOO!
ONY IDEA WHAUR SLEEKITRIX AND ANILENNIX MICHT BE NOO?
NAW, BUT AH AYE HEARD THEM GAUN ON ABOOT A TRYSTIN PLACE UNNER THE DOLMEN... HIC!
UNNER THE DOLMEN?
IT'S A WEE TOTTIE CLUE – BUT IT'S A CLUE! LET'S GET OOT O HERE!
RICHT!
DOOSH!
?
LANG LIVE VERCINGE... VERCEGIN... HIC! VERCINGETORIX!
22

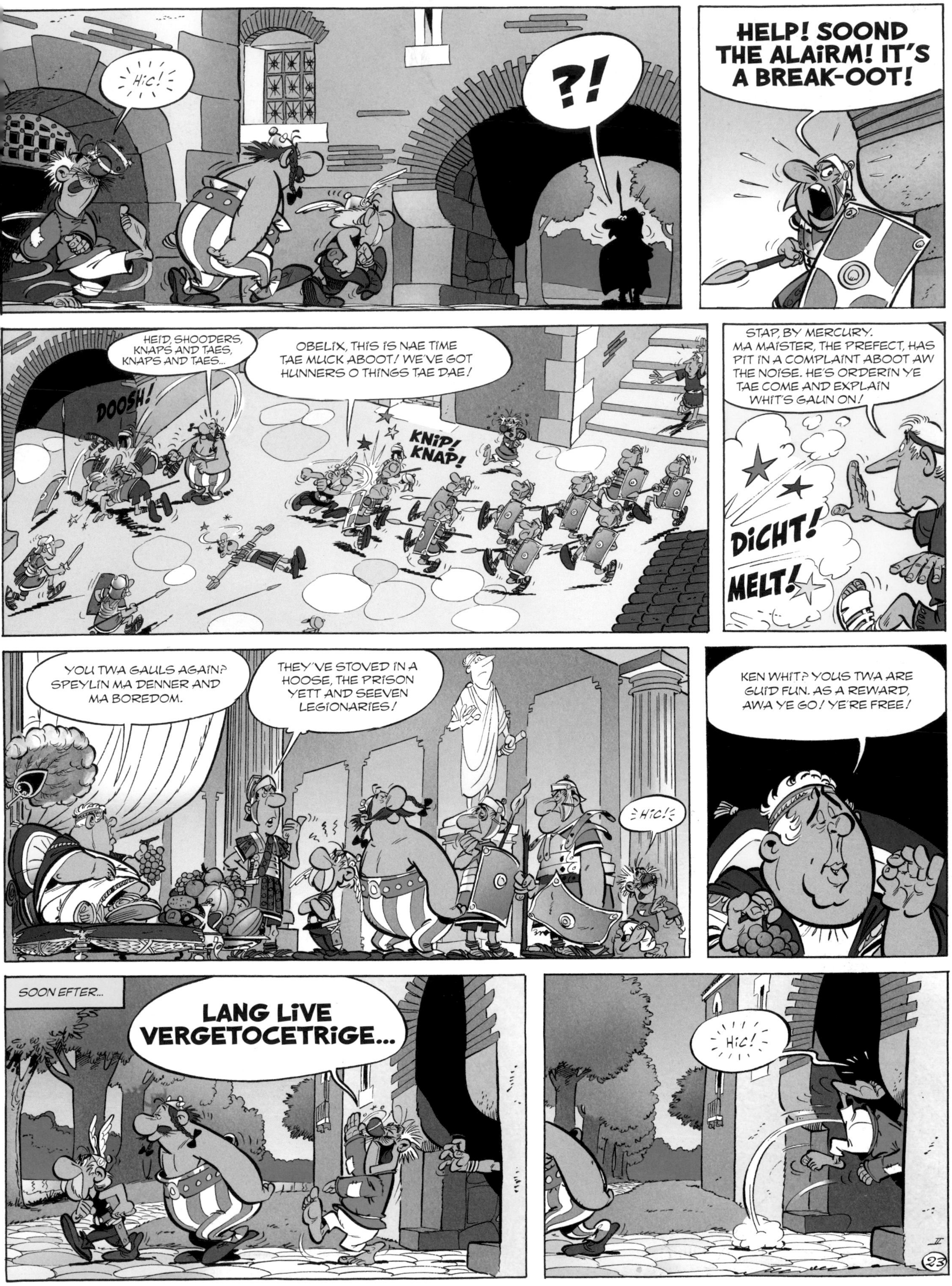
Hic!
?!
HELP! SOOND THE ALAiRM! IT'S A BREAK-OOT!
HEID, SHOODERS, KNAPS AND TAES, KNAPS AND TAES...
DOOSH!
OBELIX, THIS IS NAE TIME TAE MUCK ABOOT! WE'VE GOT HUNNERS O THINGS TAE DAE!
KNiP! KNAP!
STAP, BY MERCURY. MA MAISTER, THE PREFECT, HAS PIT IN A COMPLAINT ABOOT AW THE NOISE. HE'S ORDERIN YE TAE COME AND EXPLAIN WHIT'S GAUN ON!
DiCHT!
MELT!
YOU TWA GAULS AGAIN? SPEYLIN MA DENNER AND MA BOREDOM.
THEY'VE STOVED IN A HOOSE, THE PRISON YETT AND SEEVEN LEGIONARIES!
Hic!
KEN WHIT? YOUS TWA ARE GUID FUN. AS A REWARD, AWA YE GO! YE'RE FREE!
SOON EFTER...
LANG LiVE VERGETOCETRiGE...
Hic!
23

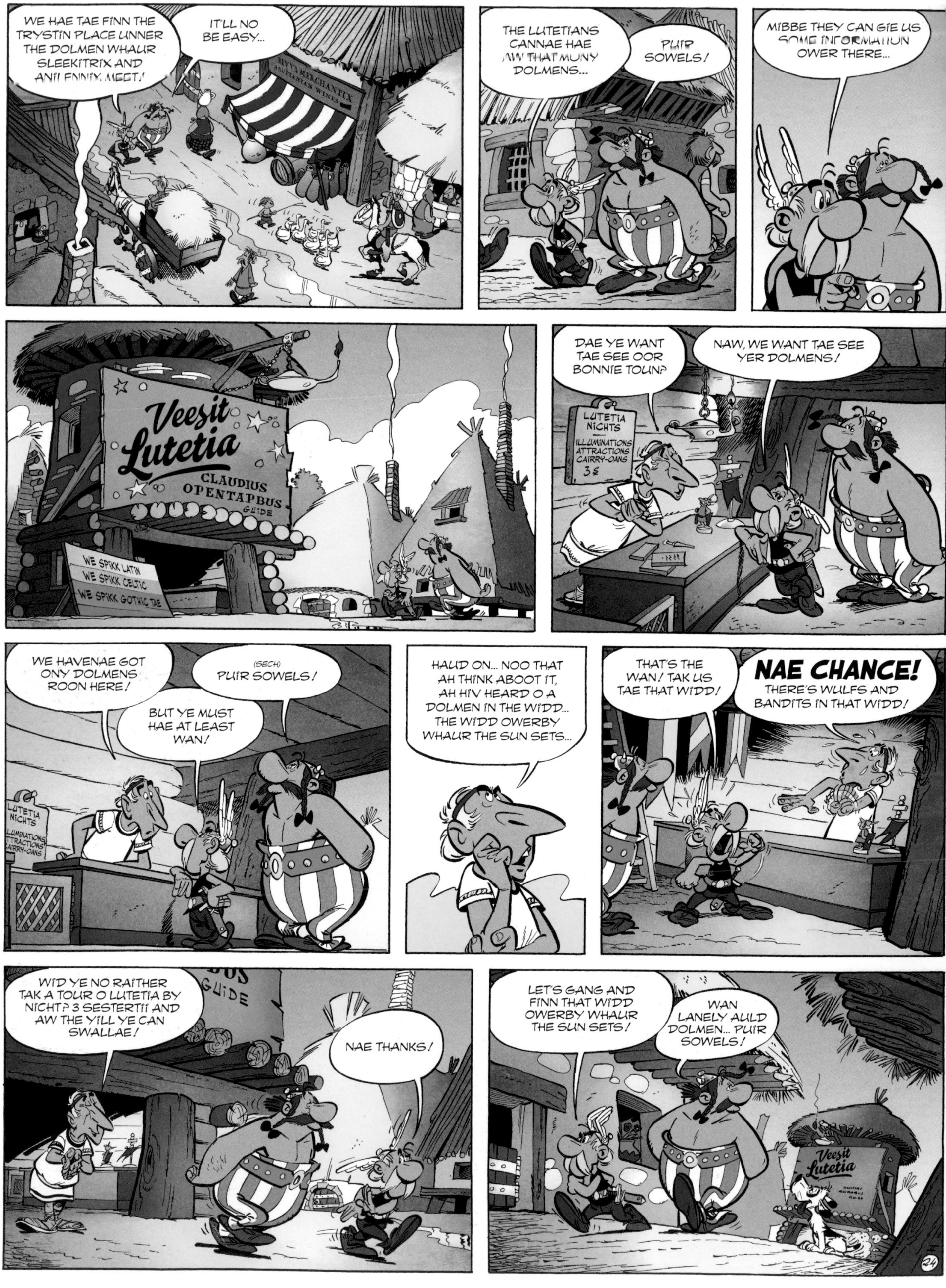
WE HAE TAE FINN THE TRYSTIN PLACE UNNER THE DOLMEN WHAUR SLEEKITRIX AND
IT'LL NO BE EASY...
BEVVA MERCHANTIX AQUITANIAN WINES
THE LUTETIANS CANNAE HAE
DOLMENS...
PUIR SOWELS!
MIBBE THEY CAN GIE US
OWER THERE...
Veesit Lutetia
CLAUDIUS OPENTAPBUS GUIDE
WE SPIKK LATIN
WE SPIKK CELTIC
WE SPIKK GOTHIC TAE
DAE YE WANT TAE SEE OOR BONNIE TOUN?
NAW, WE WANT TAE SEE YER DOLMENS!
LUTETIA NICHTS
ILLUMINATIONS ATTRACTIONS CAIRRY-OANS 3 S
WE HAVENAE GOT ONY DOLMENS ROON HERE!
(SECH) PUIR SOWELS!
BUT YE MUST HAE AT LEAST WAN!
HAUD ON... NOO THAT AH THINK ABOOT IT, AH HIV HEARD O A DOLMEN IN THE WIDD... THE WIDD OWERBY WHAUR THE SUN SETS...
THAT'S THE WAN! TAK US TAE THAT WIDD!
NAE CHANCE!
THERE'S WULFS AND BANDITS IN THAT WIDD!
WID YE NO RAITHER TAK A TOUR O LUTETIA BY NICHT? 3 SESTERTII AND AW THE YILL YE CAN SWALLAE!
NAE THANKS!
LET'S GANG AND FINN THAT WIDD OWERBY WHAUR THE SUN SETS!
WAN LANELY AULD DOLMEN... PUIR SOWELS!
24

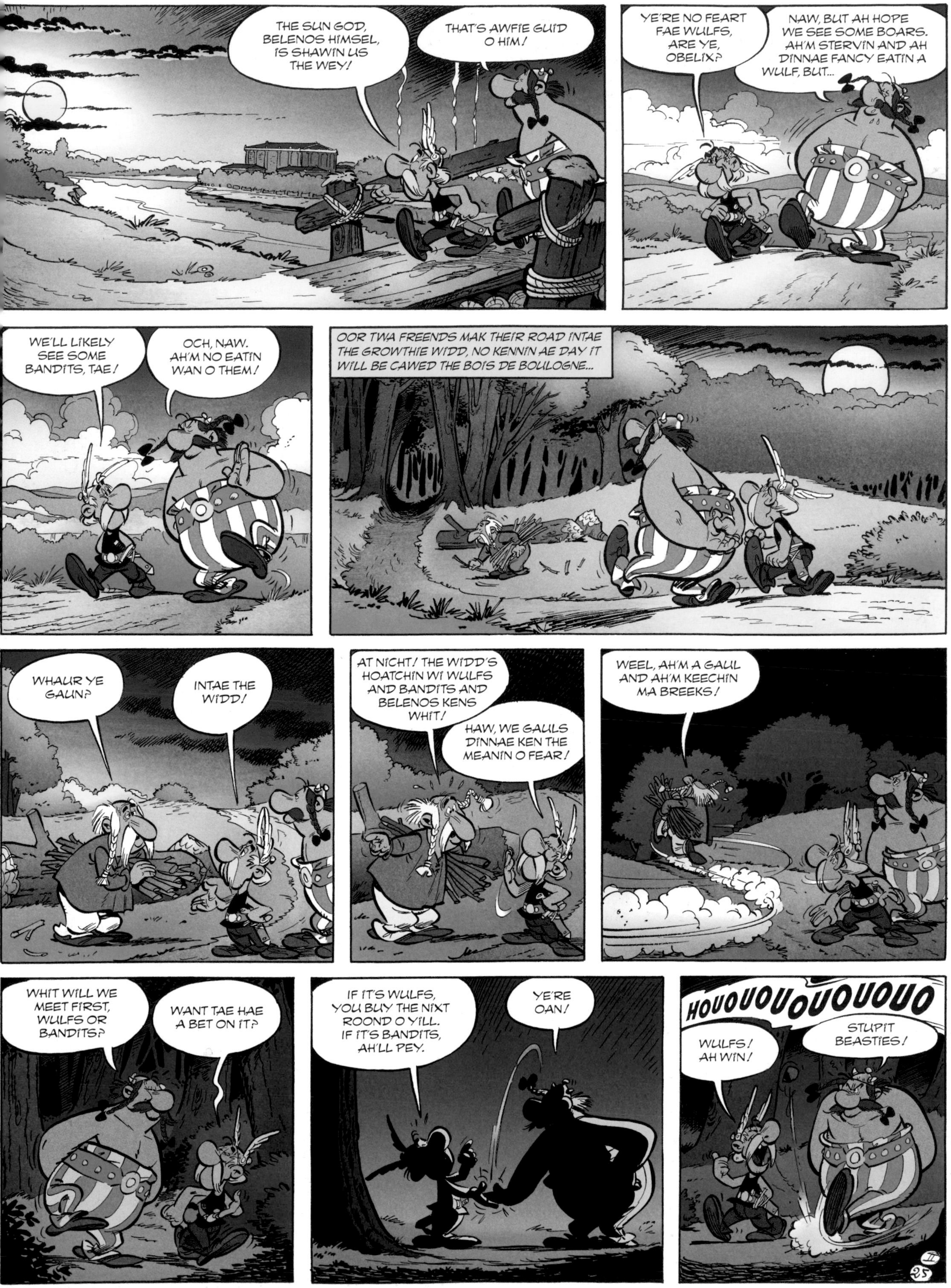

THE SUN GOD, BELENOS HIMSEL, IS SHAWIN US THE WEY!
THAT'S AWFIE GUID O HIM!
YE'RE NO FEART FAE WULFS, ARE YE, OBELIX?
NAW, BUT AH HOPE WE SEE SOME BOARS. AH'M STERVIN AND AH DINNAE FANCY EATIN A WULF, BUT...
WE'LL LIKELY SEE SOME BANDITS, TAE!
OCH, NAW. AH'M NO EATIN WAN O THEM!
OOR TWA FREENDS MAK THEIR ROAD INTAE THE GROWTHIE WIDD, NO KENNIN AE DAY IT WILL BE CAWED THE BOIS DE BOULOGNE...
WHAUR YE GAUN?
INTAE THE WIDD!
AT NICHT! THE WIDD'S HOATCHIN WI WULFS AND BANDITS AND BELENOS KENS WHIT!
HAW, WE GAULS DINNAE KEN THE MEANIN O FEAR!
WEEL, AH'M A GAUL AND AH'M KEECHIN MA BREEKS!
WHIT WILL WE MEET FIRST, WULFS OR BANDITS?
WANT TAE HAE A BET ON IT?
IF IT'S WULFS, YOU BUY THE NIXT ROOND O YILL. IF IT'S BANDITS, AH'LL PEY.
YE'RE OAN!
HOUOUOUOUOUOUOUO
WULFS! AH WIN!
STUPIT BEASTIES!

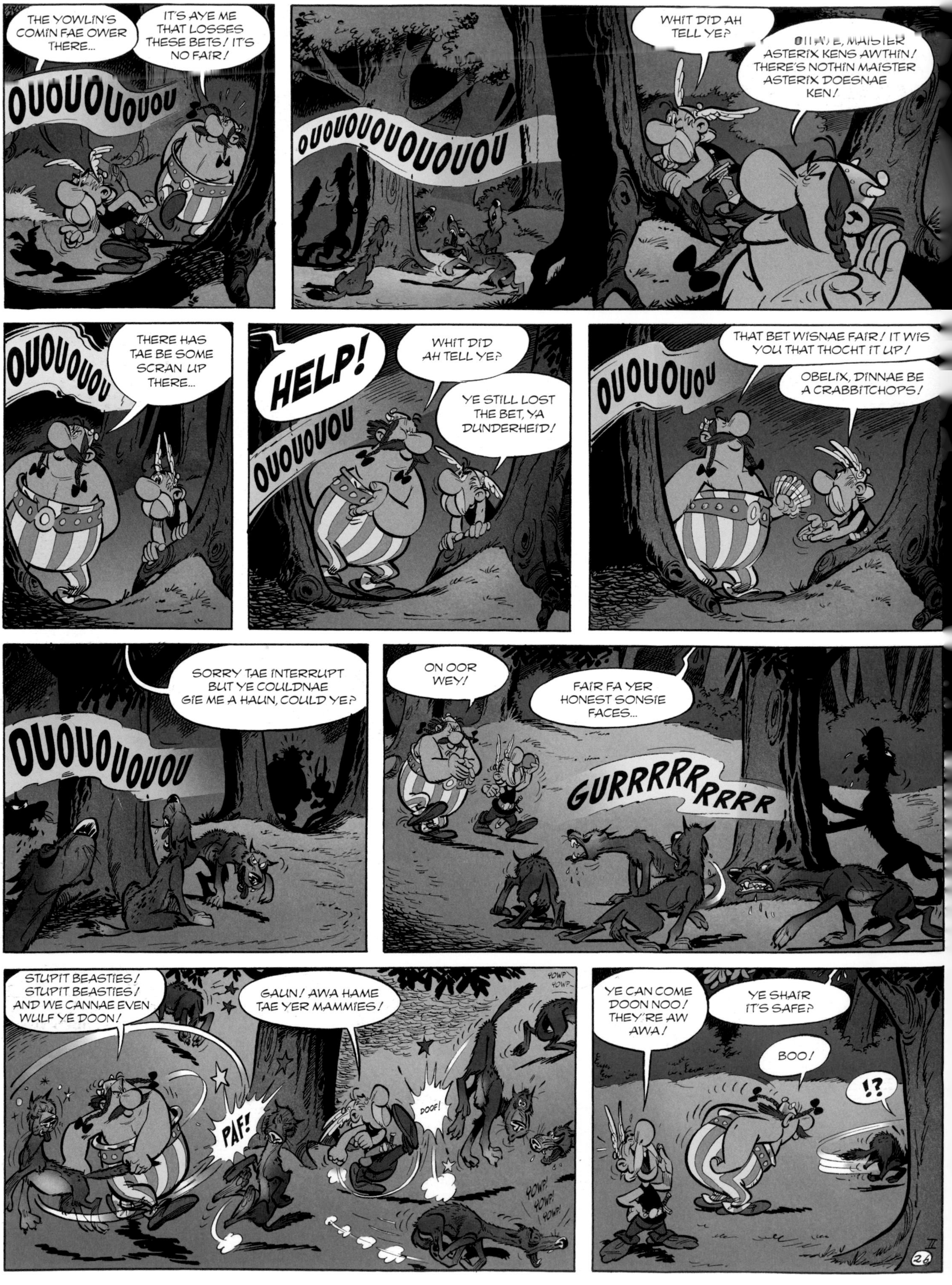
THE YOWLIN'S COMIN FAE OWER THERE...
IT'S AYE ME THAT LOSSES THESE BETS! IT'S NO FAIR!
OUOUOUouou
OUOUOUOUOUOUOU
WHIT DID AH TELL YE?
MAISTER ASTERIX KENS AWTHIN! THERE'S NOTHIN MAISTER ASTERIX DOESNAE KEN!
OUOUouou
THERE HAS TAE BE SOME SCRAN UP THERE...
HELP!
WHIT DID AH TELL YE?
OUOUOUOU
YE STILL LOST THE BET, YA DUNDERHEID!
OUOUOuou
THAT BET WISNAE FAIR! IT WIS YOU THAT THOCHT IT UP!
OBELIX, DINNAE BE A CRABBITCHOPS!
SORRY TAE INTERRUPT BUT YE COULDNAE GIE ME A HAUN, COULD YE?
OUOUOuouou
ON OOR WEY!
FAIR FA YER HONEST SONSIE FACES...
GURRRRRRRRR
STUPIT BEASTIES! STUPIT BEASTIES! AND WE CANNAE EVEN WULF YE DOON!
GAUN! AWA HAME TAE YER MAMMIES!
YOWP! YOWP!
PAF!
DOOF!
YOWP! YOWP! YOWP!
YE CAN COME DOON NOO! THEY'RE AW AWA!
YE SHAIR IT'S SAFE?
BOO!
!?

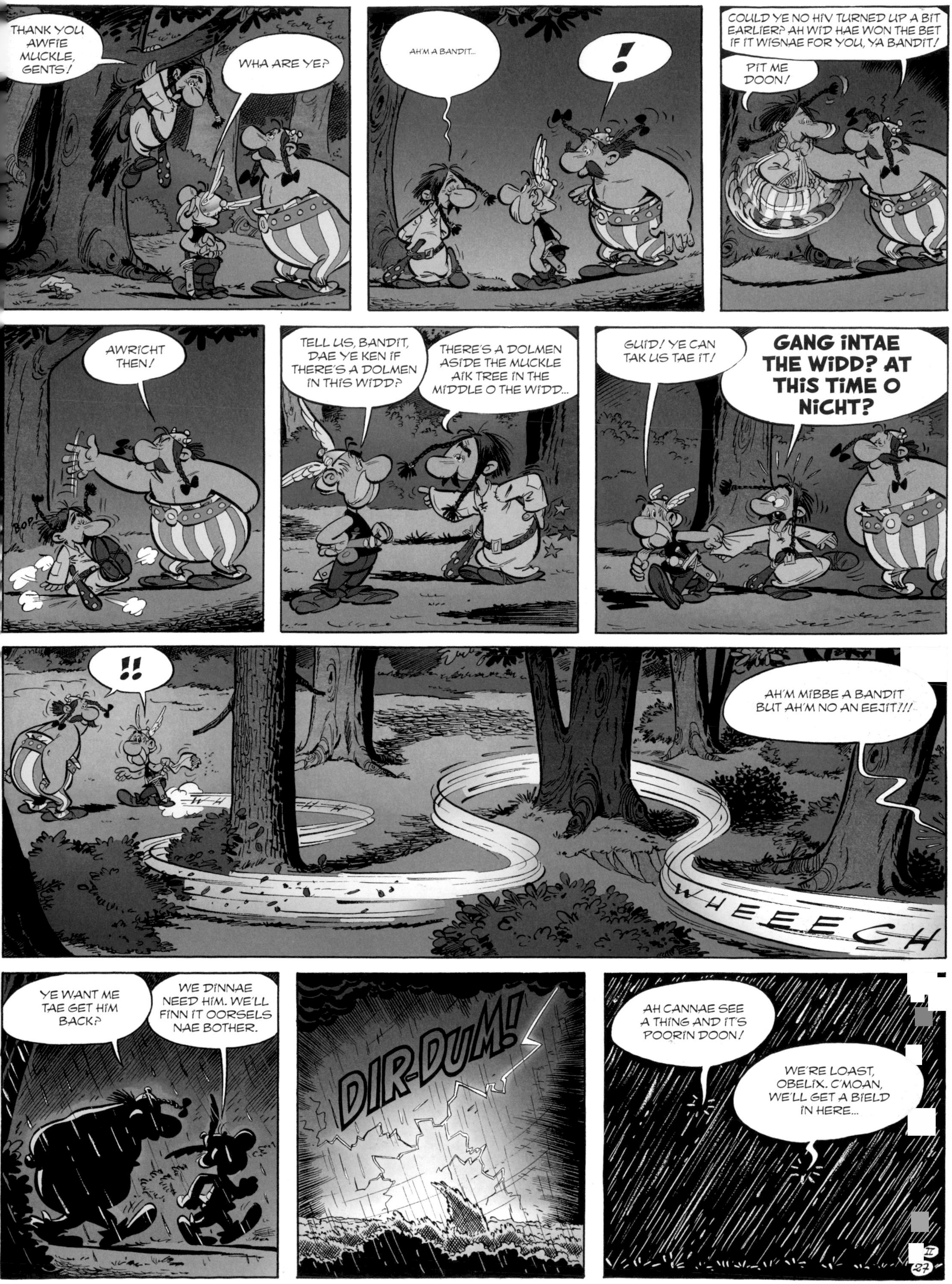
THANK YOU AWFIE MUCKLE, GENTS!
WHA ARE YE?
AH'M A BANDIT...
!
COULD YE NO HIV TURNED UP A BIT EARLIER? AH WID HAE WON THE BET IF IT WISNAE FOR YOU, YA BANDIT!
PIT ME DOON!
AWRICHT THEN!
BOP!
TELL US, BANDIT, DAE YE KEN IF THERE'S A DOLMEN IN THIS WIDD?
THERE'S A DOLMEN ASIDE THE MUCKLE AIK TREE IN THE MIDDLE O THE WIDD...
GUID! YE CAN TAK US TAE IT!
GANG INTAE THE WIDD? AT THIS TIME O NICHT?
!!
AH'M MIBBE A BANDIT BUT AH'M NO AN EEJIT!!!
WHEEECH
YE WANT ME TAE GET HIM BACK?
WE DINNAE NEED HIM. WE'LL FINN IT OORSELS NAE BOTHER.
DIR-DUM!
AH CANNAE SEE A THING AND IT'S POORIN DOON!
WE'RE LOAST, OBELIX. C'MOAN, WE'LL GET A BIELD IN HERE...

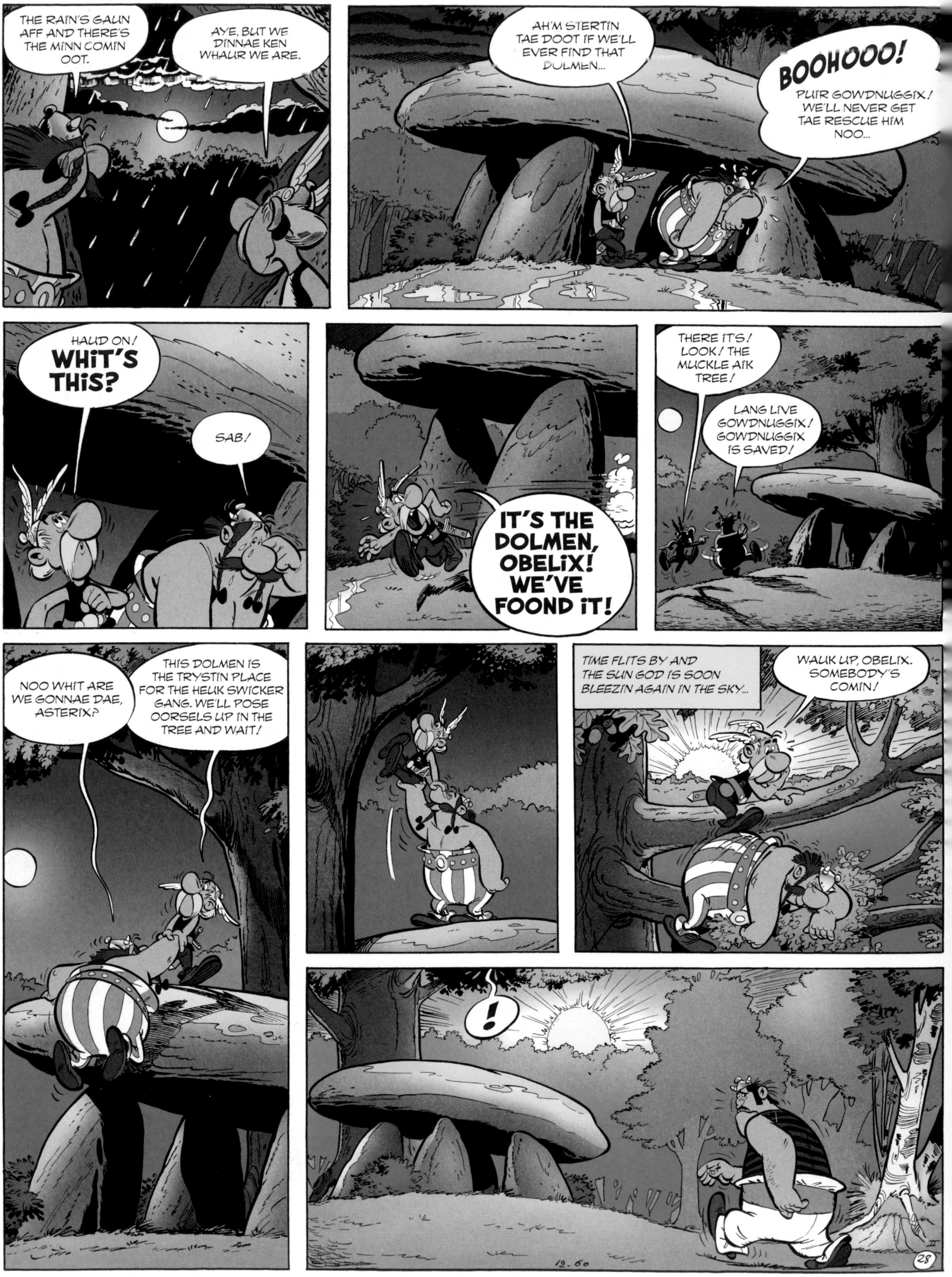
THE RAIN'S GAUN AFF AND THERE'S THE MINN COMIN OOT.
AYE, BUT WE DINNAE KEN WHAUR WE ARE.
AH'M STERTIN TAE DOOT IF WE'LL EVER FIND THAT DOLMEN...
BOOHOOO!
PUIR GOWDNUGGIX! WE'LL NEVER GET TAE RESCUE HIM NOO...
HAUD ON! WHIT'S THIS?
SAB!
IT'S THE DOLMEN, OBELIX! WE'VE FOOND IT!
THERE IT'S! LOOK! THE MUCKLE AIK TREE!
LANG LIVE GOWDNUGGIX! GOWDNUGGIX IS SAVED!
NOO WHIT ARE WE GONNAE DAE, ASTERIX?
THIS DOLMEN IS THE TRYSTIN PLACE FOR THE HEUK SWICKER GANG. WE'LL POSE OORSELS UP IN THE TREE AND WAIT!
TIME FLITS BY AND THE SUN GOD IS SOON BLEEZIN AGAIN IN THE SKY...
WAUK UP, OBELIX. SOMEBODY'S COMIN!
!
28

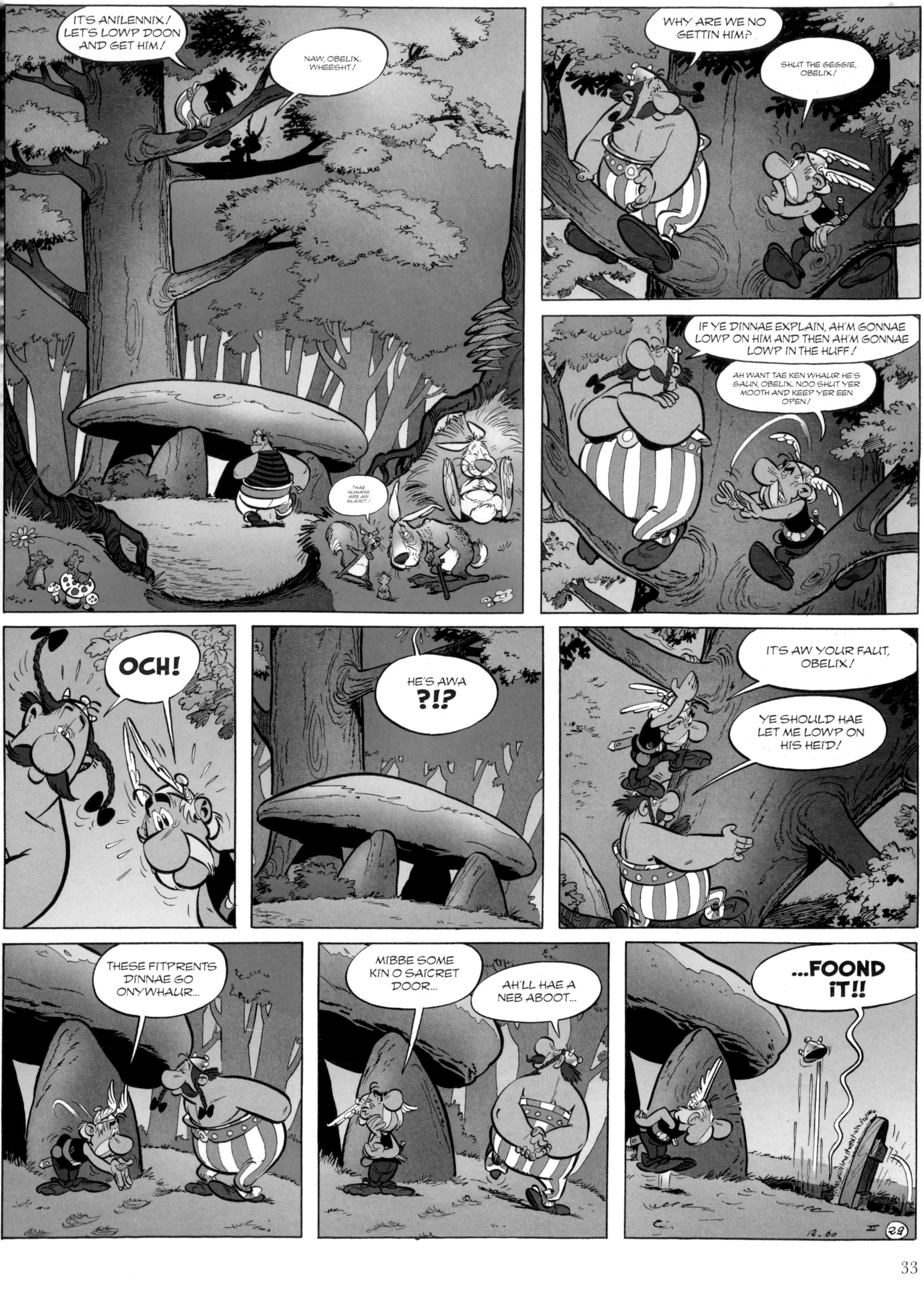

IT'S ANILENNIX! LET'S LOWP DOON AND GET HIM!
NAW, OBELIX. WHEESHT!
THAE HUMANS ARE AW SLAIKIT!
WHY ARE WE NO GETTIN HIM?
SHUT THE GEGGIE, OBELIX!
IF YE DINNAE EXPLAIN, AH'M GONNAE LOWP ON HIM AND THEN AH'M GONNAE LOWP IN THE HUFF!
AH WANT TAE KEN WHAUR HE'S GAUN, OBELIX. NOO SHUT YER MOOTH AND KEEP YER EEN OPEN!
OCH!
HE'S AWA ?!?
IT'S AW YOUR FAUT, OBELIX!
YE SHOULD HAE LET ME LOWP ON HIS HEID!
THESE FITPRENTS DINNAE GO ONYWHAUR...
MIBBE SOME KIN O SAICRET DOOR...
AH'LL HAE A NEB ABOOT...
...FOOND IT!!

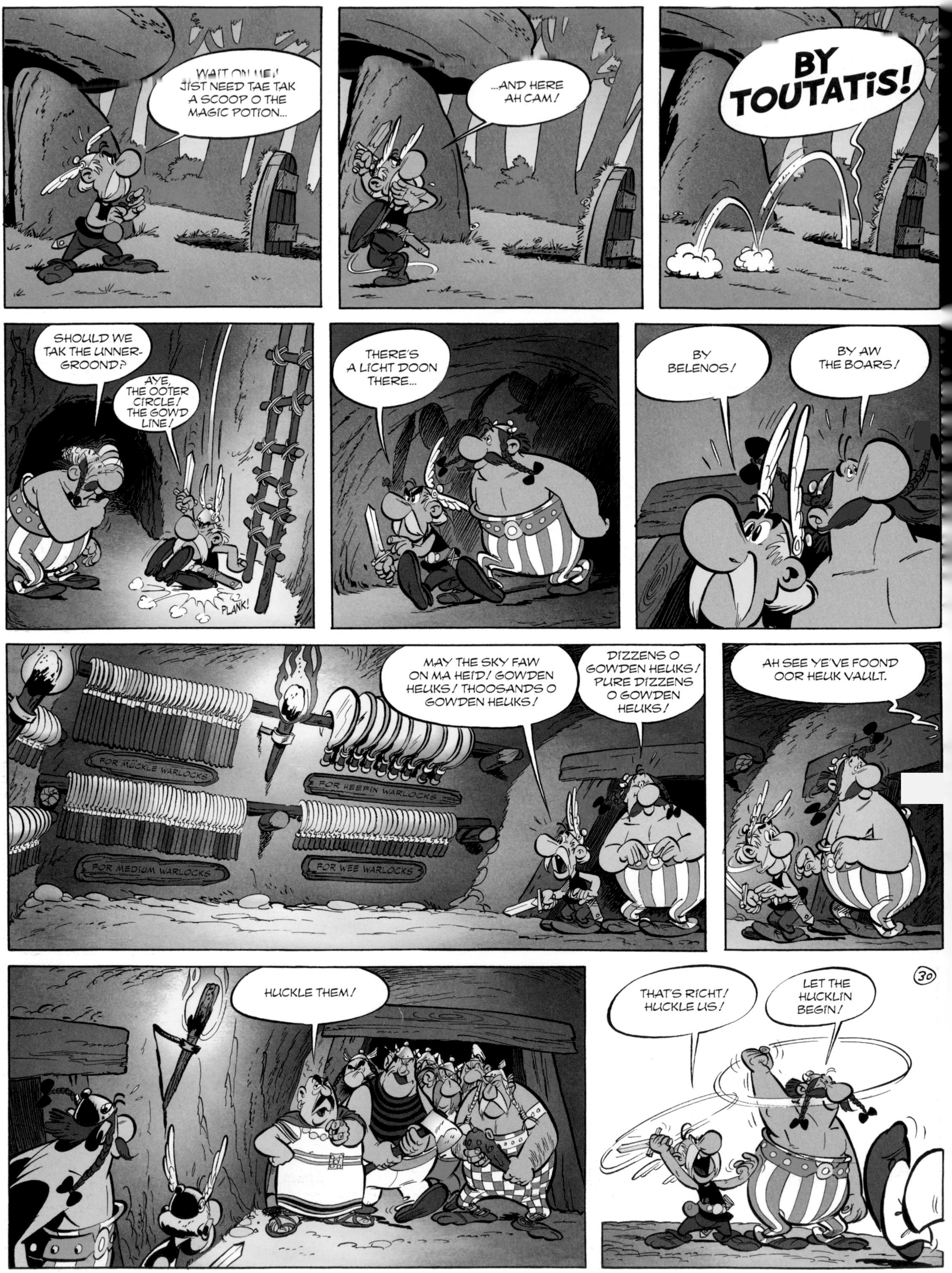
WAIT ON ME! JIST NEED TAE TAK A SCOOP O THE MAGIC POTION...
...AND HERE AH CAM!
BY TOUTATIS!
SHOULD WE TAK THE UNNERGROOND?
AYE, THE OOTER CIRCLE! THE GOWD LINE!
PLANK!
THERE'S A LICHT DOON THERE...
BY BELENOS!
BY AW THE BOARS!
FOR MUCKLE WARLOCKS
FOR HEEFIN WARLOCKS
FOR MEDIUM WARLOCKS
FOR WEE WARLOCKS
MAY THE SKY FAW ON MA HEID! GOWDEN HEUKS! THOOSANDS O GOWDEN HEUKS!
DIZZENS O GOWDEN HEUKS! PURE DIZZENS O GOWDEN HEUKS!
AH SEE YE'VE FOOND OOR HEUK VAULT.
HUCKLE THEM!
30
THAT'S RICHT! HUCKLE US!
LET THE HUCKLIN BEGIN!

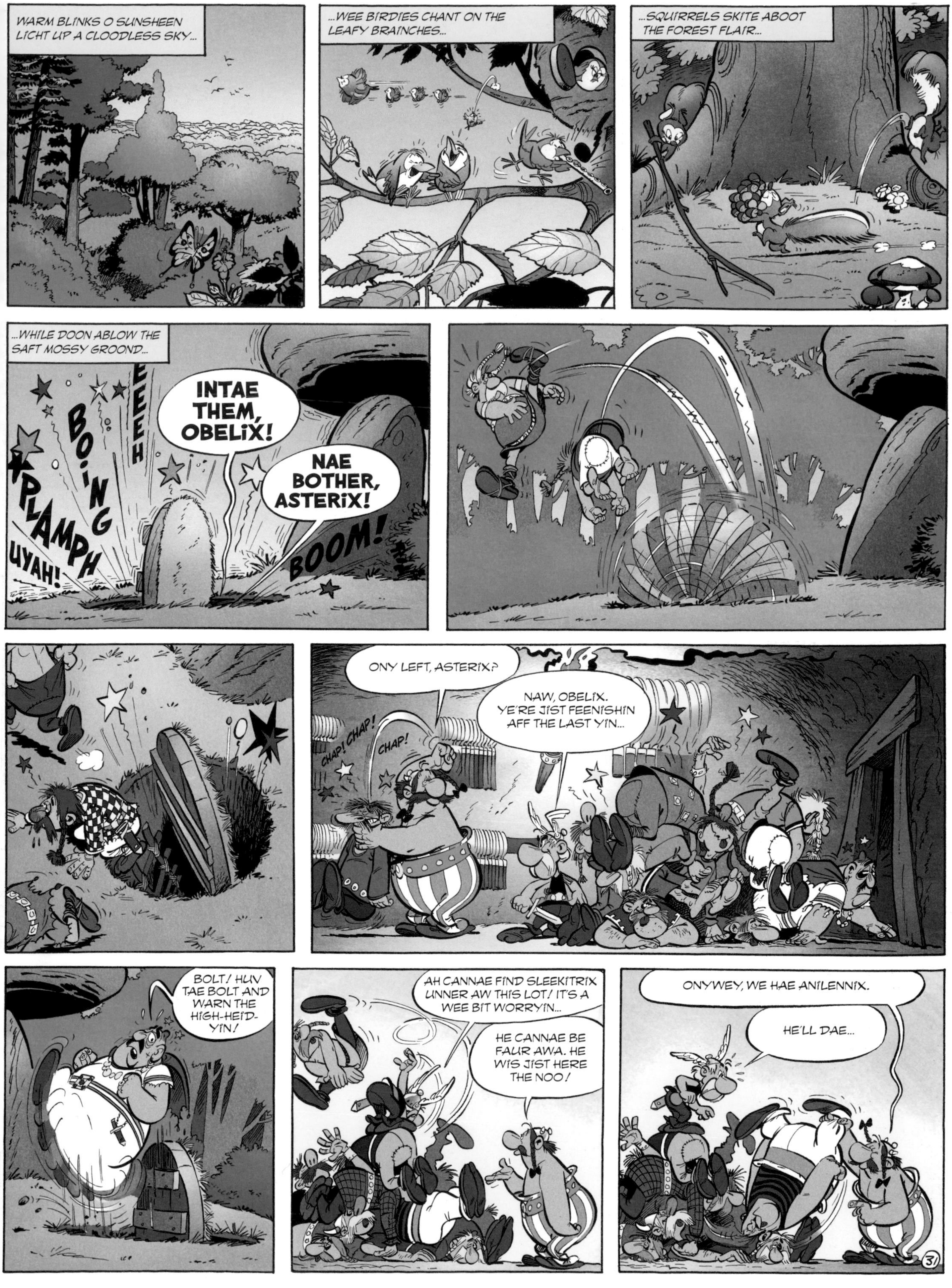
WARM BLINKS O SUNSHEEN LICHT UP A CLOODLESS SKY...
...WEE BIRDIES CHANT ON THE LEAFY BRAINCHES...
...SQUIRRELS SKITE ABOOT THE FOREST FLAIR...
...WHILE DOON ABLOW THE SAFT MOSSY GROOND...
EEEEH
BOING
XPLAMPH
UYAH!
INTAE THEM, OBELIX!
NAE BOTHER, ASTERIX!
BOOM!
ONY LEFT, ASTERIX?
CHAP! CHAP! CHAP!
NAW, OBELIX. YE'RE JIST FEENISHIN AFF THE LAST YIN...
BOLT! HUV TAE BOLT AND WARN THE HIGH-HEID-YIN!
AH CANNAE FIND SLEEKITRIX UNNER AW THIS LOT! IT'S A WEE BIT WORRYIN...
HE CANNAE BE FAUR AWA. HE WIS JIST HERE THE NOO!
ONYWEY, WE HAE ANILENNIX.
HE'LL DAE...
31

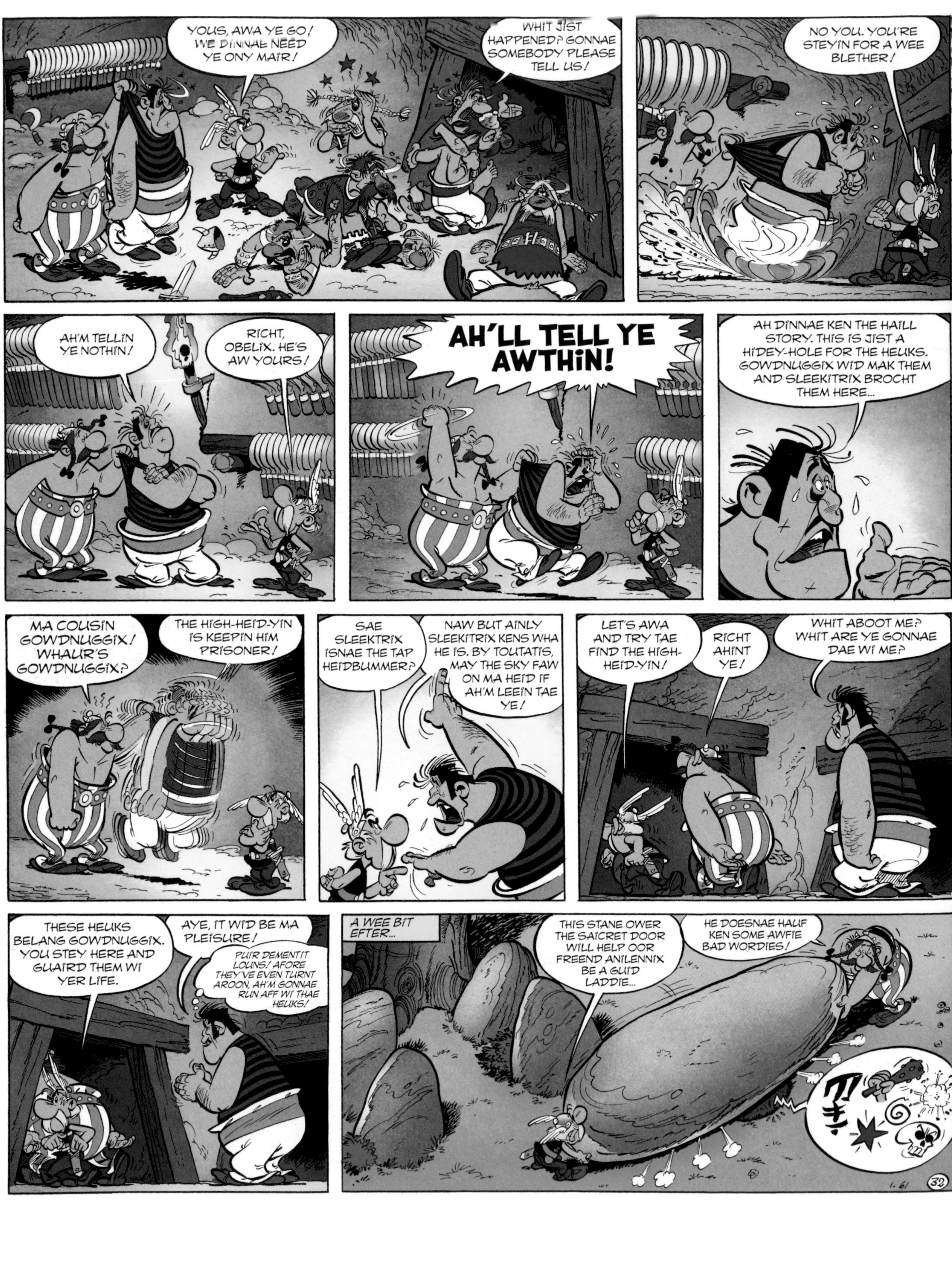
YOUS, AWA YE GO! WE DINNAE NEED YE ONY MAIR!
WHIT JIST HAPPENED? GONNAE SOMEBODY PLEASE TELL US!
NO YOU. YOU'RE STEYIN FOR A WEE BLETHER!
AH'M TELLIN YE NOTHIN!
RICHT, OBELIX. HE'S AW YOURS!
AH'LL TELL YE AWTHIN!
AH DINNAE KEN THE HAILL STORY. THIS IS JIST A HIDEY-HOLE FOR THE HEUKS. GOWDNUGGIX WID MAK THEM AND SLEEKITRIX BROCHT THEM HERE...
MA COUSIN GOWDNUGGIX! WHAUR'S GOWDNUGGIX?
THE HIGH-HEID-YIN IS KEEPIN HIM PRISONER!
SAE SLEEKTRIX ISNAE THE TAP HEIDBUMMER?
NAW BUT AINLY SLEEKITRIX KENS WHA HE IS. BY TOUTATIS, MAY THE SKY FAW ON MA HEID IF AH'M LEEIN TAE YE!
LET'S AWA AND TRY TAE FIND THE HIGH-HEID-YIN!
RICHT AHINT YE!
WHIT ABOOT ME? WHIT ARE YE GONNAE DAE WI ME?
THESE HEUKS BELANG GOWDNUGGIX. YOU STEY HERE AND GUAIRD THEM WI YER LIFE.
AYE, IT WID BE MA PLEISURE!
PUIR DEMENTIT LOUNS! AFORE THEY'VE EVEN TURNT AROON, AH'M GONNAE RUN AFF WI THAE HEUKS!
A WEE BIT EFTER...
THIS STANE OWER THE SAICRET DOOR WILL HELP OOR FREEND ANILENNIX BE A GUID LADDIE...
HE DOESNAE HAUF KEN SOME AWFIE BAD WORDIES!
32

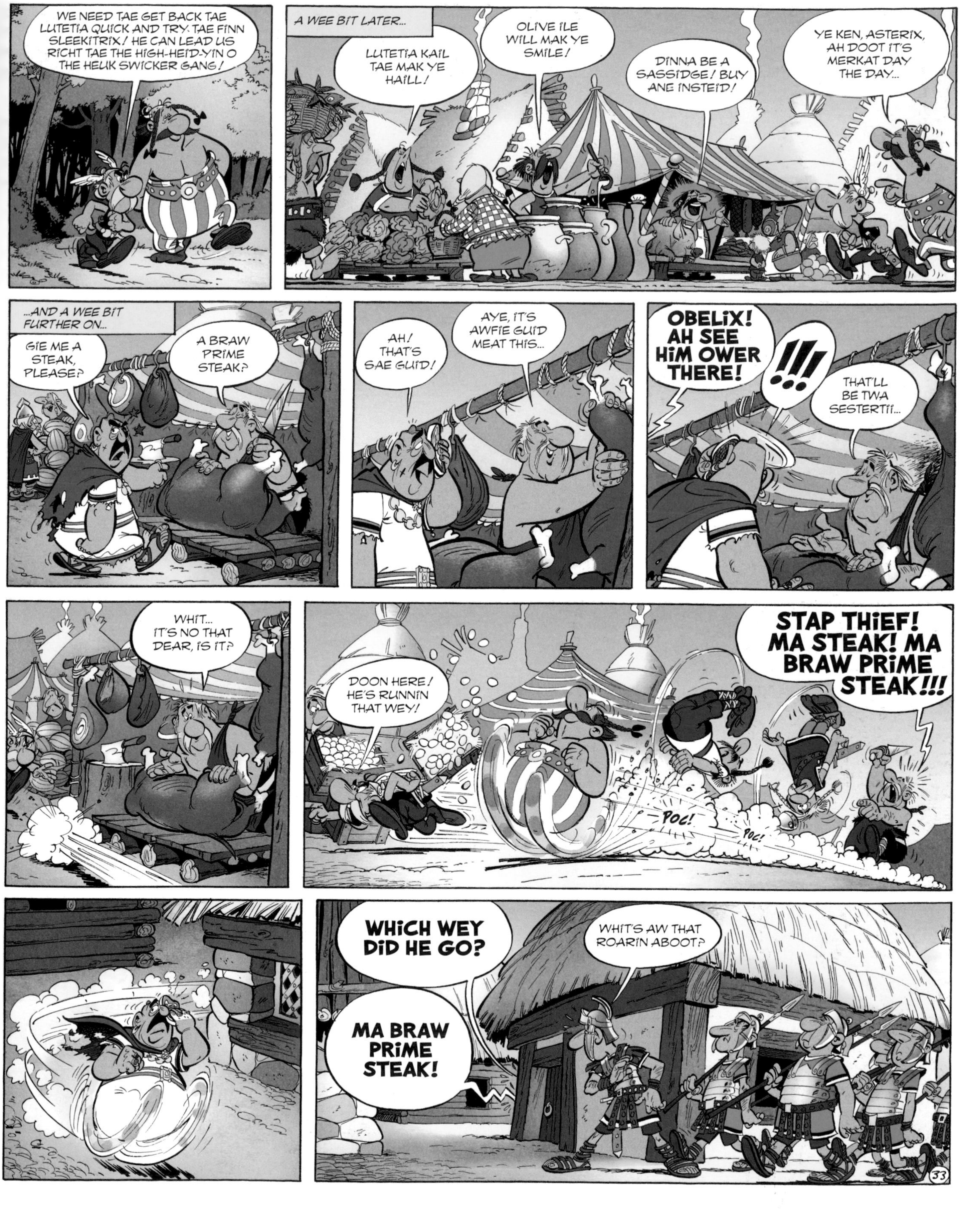
WE NEED TAE GET BACK TAE LUTETIA QUICK AND TRY TAE FINN SLEEKITRIX! HE CAN LEAD US RICHT TAE THE HIGH-HEID-YIN O THE HEUK SWICKER GANG!
A WEE BIT LATER...
LUTETIA KAIL TAE MAK YE HAILL!
OLIVE ILE WILL MAK YE SMILE!
DINNA BE A SASSIDGE! BUY ANE INSTEID!
YE KEN, ASTERIX, AH DOOT IT'S MERKAT DAY THE DAY...
...AND A WEE BIT FURTHER ON...
GIE ME A STEAK, PLEASE?
A BRAW PRIME STEAK?
AH! THAT'S SAE GUID!
AYE, IT'S AWFIE GUID MEAT THIS...
OBELIX! AH SEE HIM OWER THERE!
!!!
THAT'LL BE TWA SESTERTII...
WHIT... IT'S NO THAT DEAR, IS IT?
DOON HERE! HE'S RUNNIN THAT WEY!
STAP THIEF! MA STEAK! MA BRAW PRIME STEAK!!!
POC!
POC!
WHICH WEY DID HE GO?
WHIT'S AW THAT ROARIN ABOOT?
MA BRAW PRIME STEAK!
33

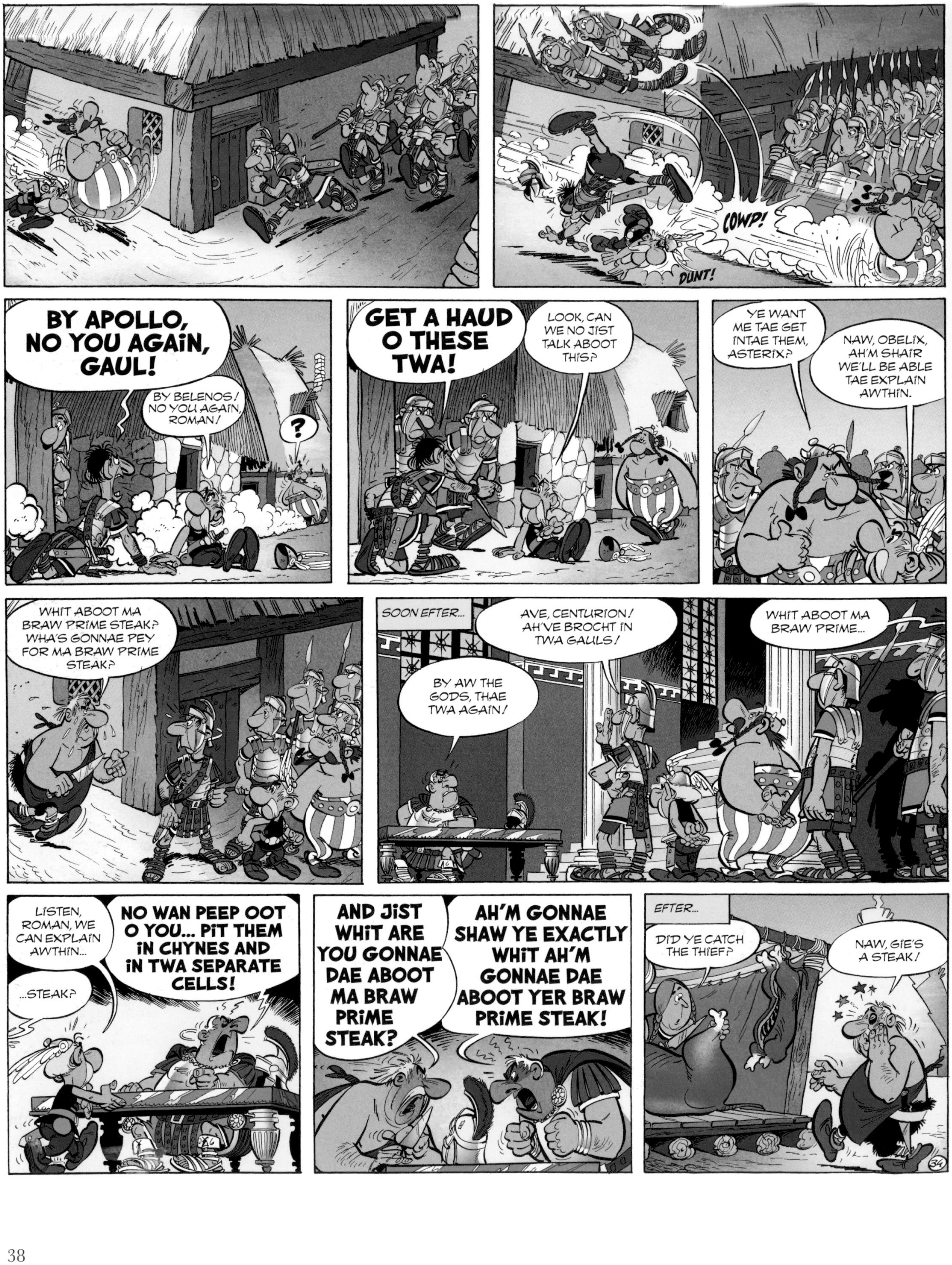
COWP!
DUNT!
BY APOLLO, NO YOU AGAIN, GAUL!
BY BELENOS! NO YOU AGAIN, ROMAN!
?
GET A HAUD O THESE TWA!
LOOK, CAN WE NO JIST TALK ABOOT THIS?
YE WANT ME TAE GET INTAE THEM, ASTERIX?
NAW, OBELIX, AH'M SHAIR WE'LL BE ABLE TAE EXPLAIN AWTHIN.
WHIT ABOOT MA BRAW PRIME STEAK? WHA'S GONNAE PEY FOR MA BRAW PRIME STEAK?
SOON EFTER...
AVE, CENTURION! AH'VE BROCHT IN TWA GAULS!
BY AW THE GODS, THAE TWA AGAIN!
WHIT ABOOT MA BRAW PRIME...
LISTEN, ROMAN, WE CAN EXPLAIN AWTHIN...
...STEAK?
NO WAN PEEP OOT O YOU... PIT THEM IN CHYNES AND IN TWA SEPARATE CELLS!
AND JIST WHIT ARE YOU GONNAE DAE ABOOT MA BRAW PRIME STEAK?
AH'M GONNAE SHAW YE EXACTLY WHIT AH'M GONNAE DAE ABOOT YER BRAW PRIME STEAK!
EFTER...
DID YE CATCH THE THIEF?
NAW, GIE'S A STEAK!
34

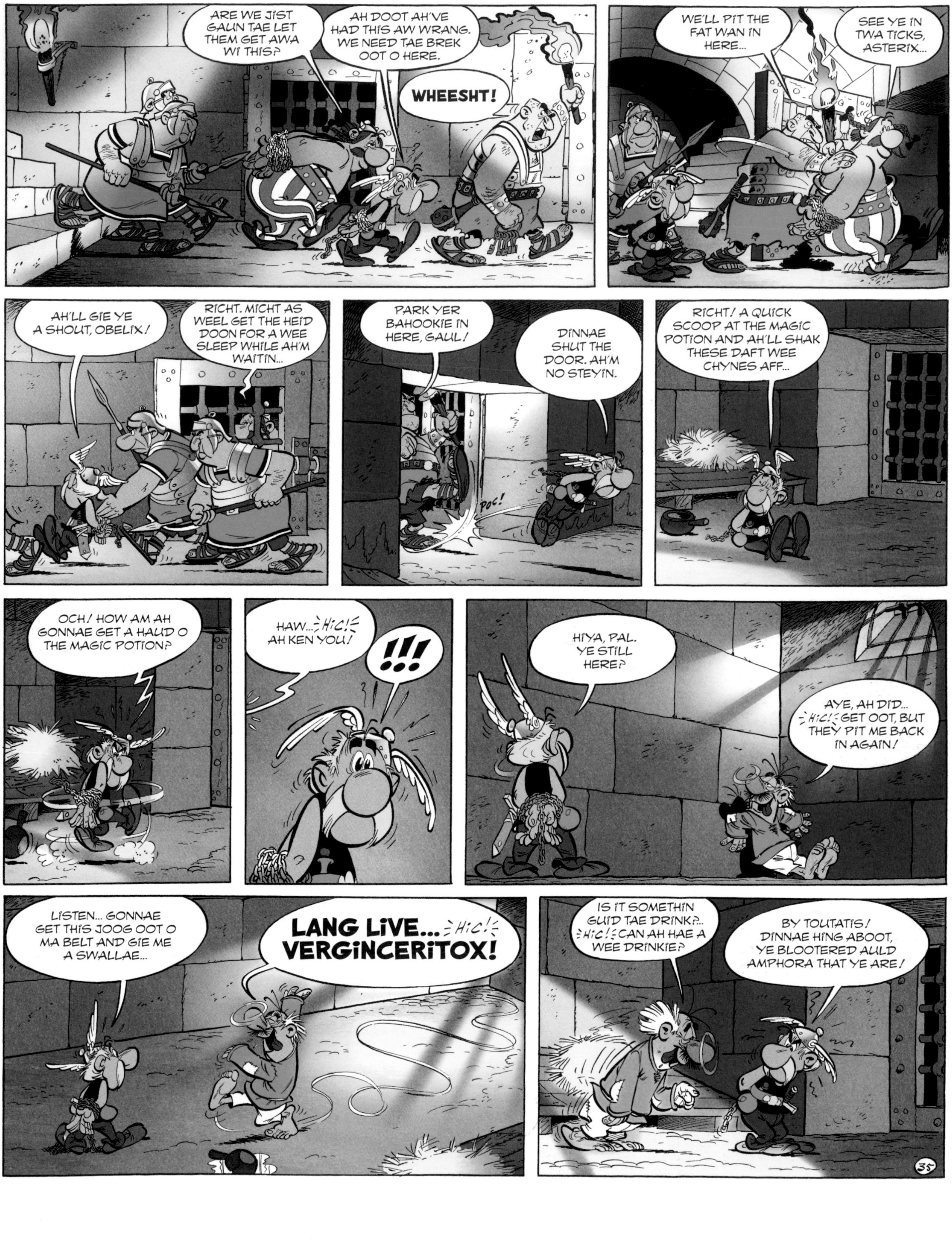
ARE WE JIST GAUN TAE LET THEM GET AWA WI THIS?
AH DOOT AH'VE HAD THIS AW WRANG. WE NEED TAE BREK OOT O HERE.
WHEESHT!
WE'LL PIT THE FAT WAN IN HERE...
SEE YE IN TWA TICKS, ASTERIX...
AH'LL GIE YE A SHOUT, OBELIX!
RICHT. MICHT AS WEEL GET THE HEID DOON FOR A WEE SLEEP WHILE AH'M WAITIN...
PARK YER BAHOOKIE IN HERE, GAUL!
DINNAE SHUT THE DOOR. AH'M NO STEYIN.
POC!
RICHT! A QUICK SCOOP AT THE MAGIC POTION AND AH'LL SHAK THESE DAFT WEE CHYNES AFF...
OCH! HOW AM AH GONNAE GET A HAUD O THE MAGIC POTION?
HAW... HIC! AH KEN YOU!
!!!
HIYA, PAL. YE STILL HERE?
AYE, AH DID... HIC! GET OOT, BUT THEY PIT ME BACK IN AGAIN!
LISTEN... GONNAE GET THIS JOOG OOT O MA BELT AND GIE ME A SWALLAE...
LANG LIVE... HIC! VERGINCERITOX!
IS IT SOMETHIN GUID TAE DRINK?... HIC! CAN AH HAE A WEE DRINKIE?
BY TOUTATIS! DINNAE HING ABOOT, YE BLOOTERED AULD AMPHORA THAT YE ARE!
35

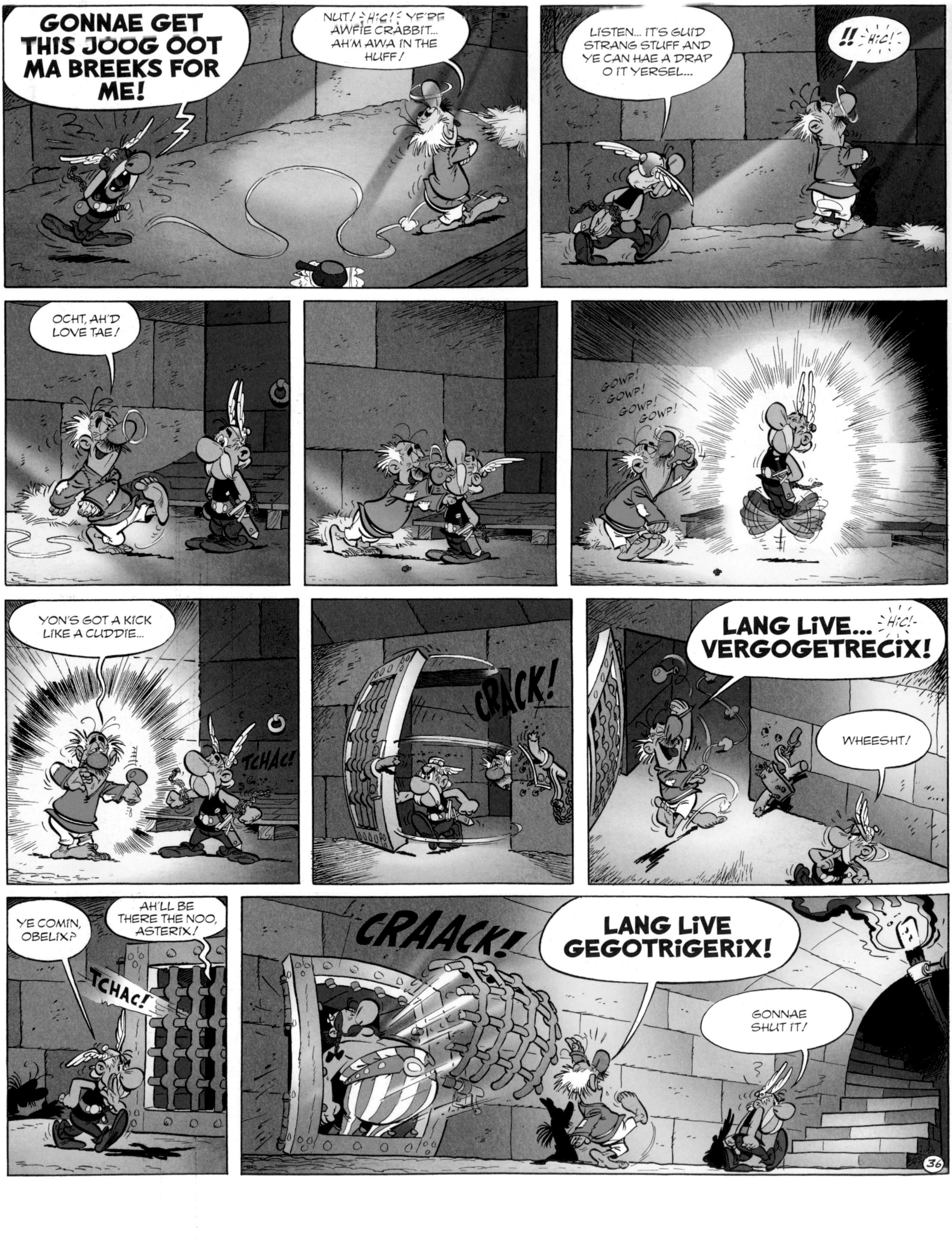
GONNAE GET THIS JOOG OOT MA BREEKS FOR ME!
NUT! HIC! YE'RE AWFIE CRABBIT... AH'M AWA IN THE HUFF!
LISTEN... IT'S GUID STRANG STUFF AND YE CAN HAE A DRAP O IT YERSEL...
!! HIC!
OCHT, AH'D LOVE TAE!
GOWP! GOWP! GOWP! GOWP!
YON'S GOT A KICK LIKE A CUDDIE...
TCHAC!
CRACK!
LANG LIVE... HIC! VERGOGETRECIX!
WHEESHT!
YE COMIN, OBELIX?
AH'LL BE THERE THE NOO, ASTERIX!
TCHAC!
CRAACK!
LANG LIVE GEGOTRIGERIX!
GONNAE SHUT IT!
36

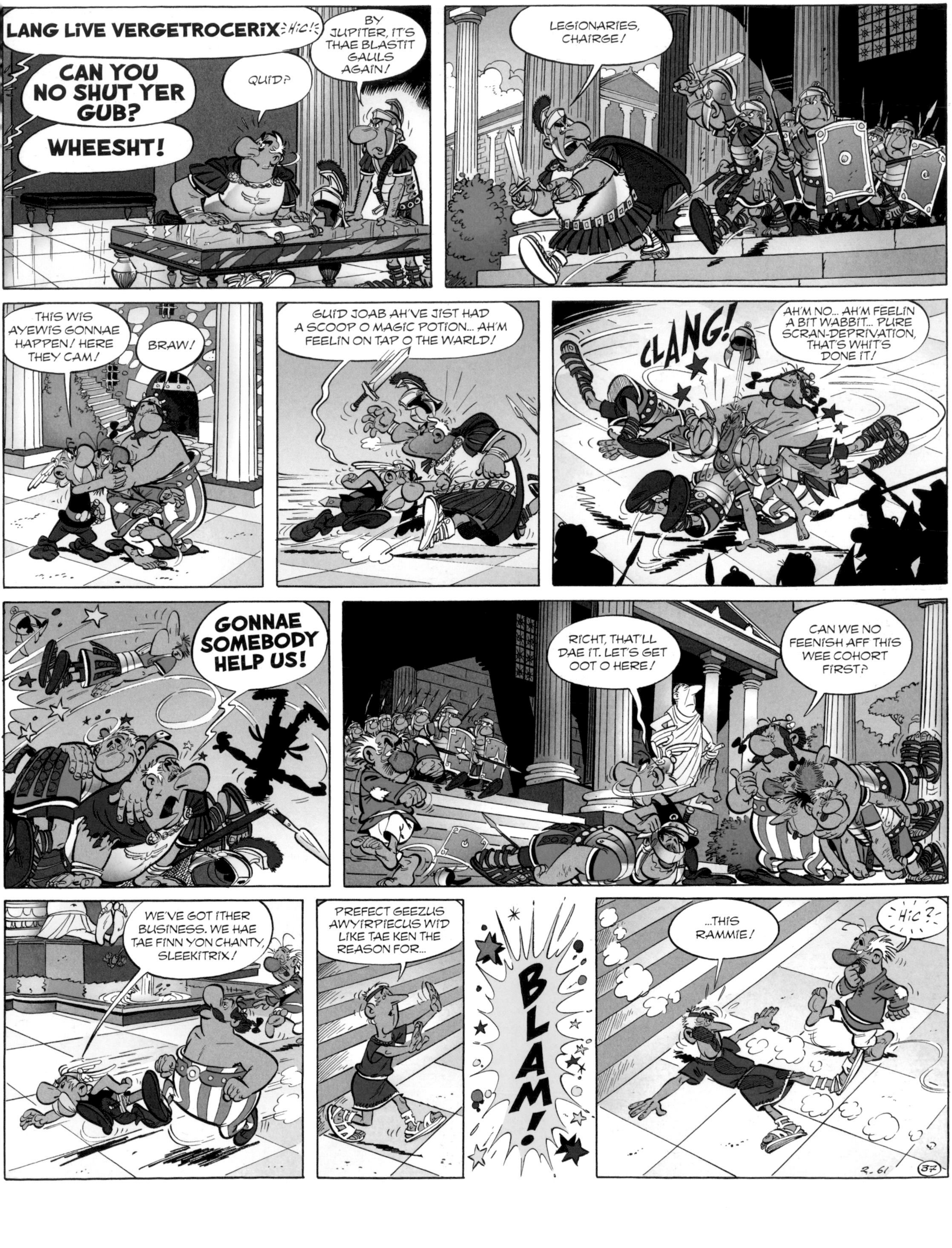

LANG LIVE VERGETROCERIX HIC!
CAN YOU NO SHUT YER GUB?
WHEESHT!
QUID?
BY JUPITER, IT'S THAE BLASTIT GAULS AGAIN!
LEGIONARIES, CHAIRGE!
THIS WIS AYEWIS GONNAE HAPPEN! HERE THEY CAM!
BRAW!
GUID JOAB AH'VE JIST HAD A SCOOP O MAGIC POTION... AH'M FEELIN ON TAP O THE WARLD!
CLANG!
AH'M NO... AH'M FEELIN A BIT WABBIT... PURE SCRAN-DEPRIVATION, THAT'S WHIT'S DONE IT!
GONNAE SOMEBODY HELP US!
RICHT, THAT'LL DAE IT. LET'S GET OOT O HERE!
CAN WE NO FEENISH AFF THIS WEE COHORT FIRST?
WE'VE GOT ITHER BUSINESS. WE HAE TAE FINN YON CHANTY, SLEEKITRIX!
PREFECT GEEZUS AWYIRPIECUS WID LIKE TAE KEN THE REASON FOR...
BLAM!
...THIS RAMMIE!
HIC?

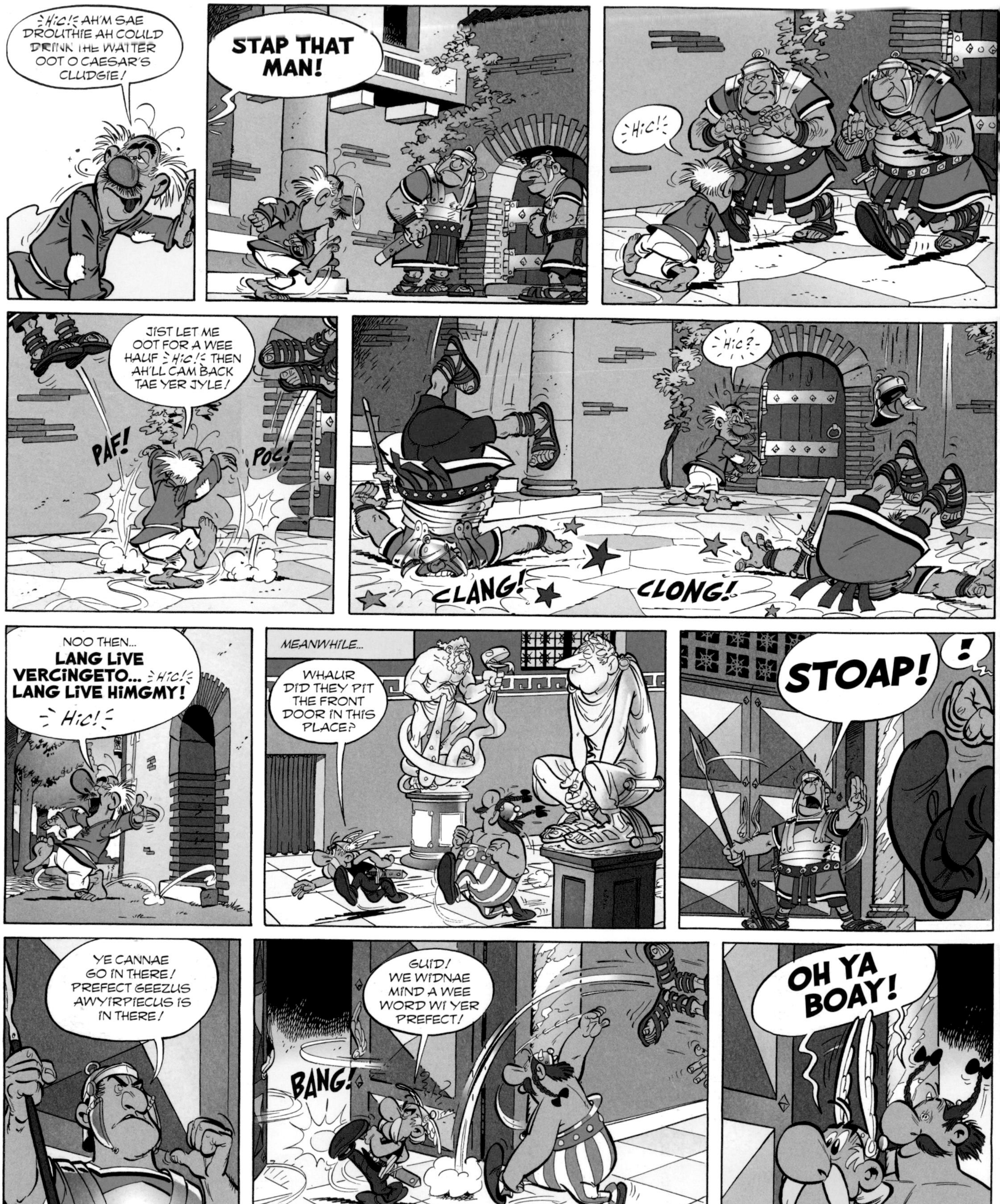
HIC! AH'M SAE DROUTHIE AH COULD DRINK THE WATTER OOT O CAESAR'S CLUDGIE!
STAP THAT MAN!
HIC!
JIST LET ME OOT FOR A WEE HAUF HIC! THEN AH'LL CAM BACK TAE YER JYLE!
PAF!
POC!
HIC?
CLANG!
CLONG!
NOO THEN... LANG LIVE VERCINGETO... HIC! LANG LIVE HIMGMY!
HIC!
MEANWHILE...
WHAUR DID THEY PIT THE FRONT DOOR IN THIS PLACE?
STOAP!
!
YE CANNAE GO IN THERE! PREFECT GEEZUS AWYIRPIECUS IS IN THERE!
GUID! WE WIDNAE MIND A WEE WORD WI YER PREFECT!
BANG!
OH YA BOAY!
38

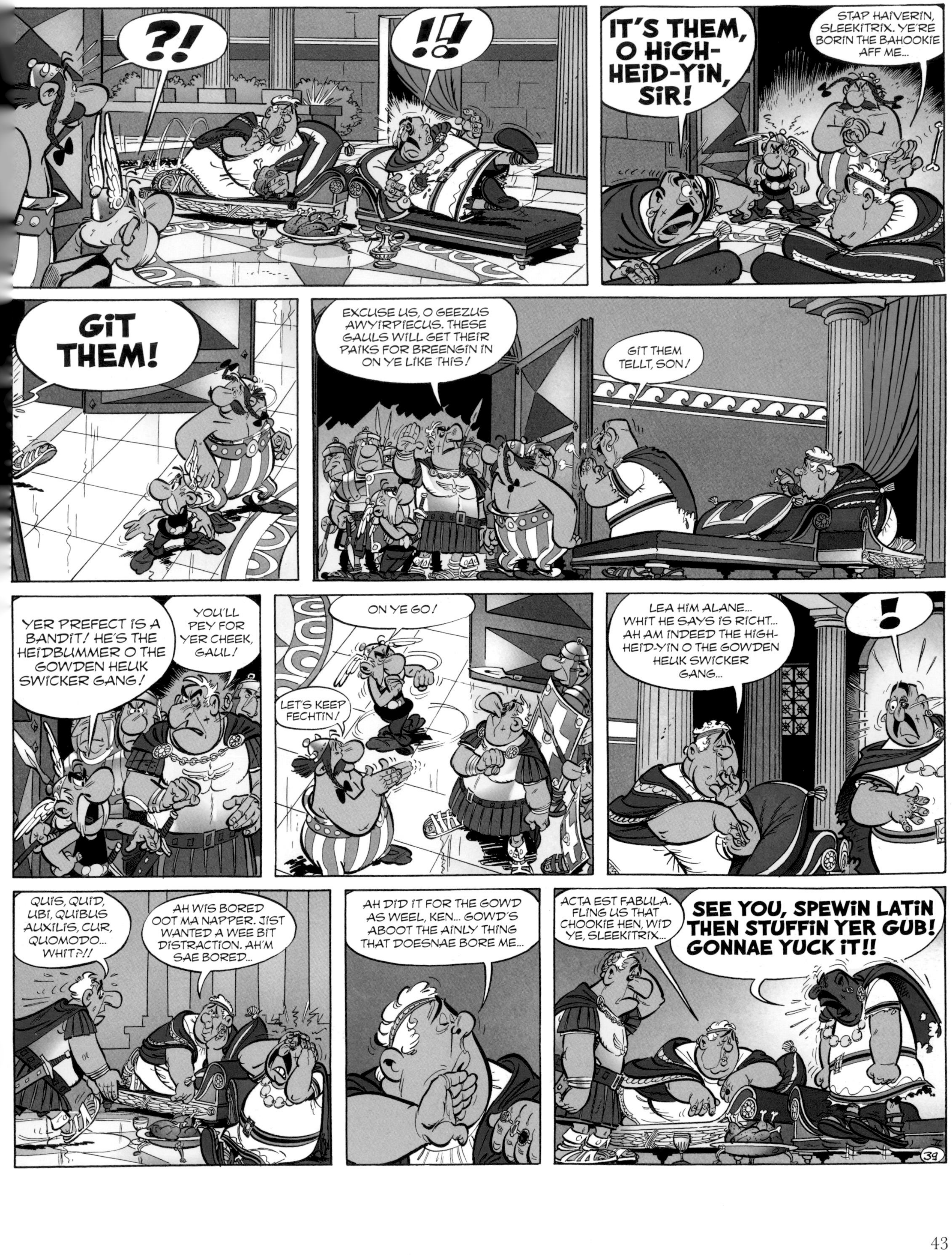
?!
!!
IT'S THEM, O HIGH-HEID-YIN, SIR!
STAP HAIVERIN, SLEEKITRIX. YE'RE BORIN THE BAHOOKIE AFF ME...
GIT THEM!
EXCUSE US, O GEEZUS AWYIRPIECUS. THESE GAULS WILL GET THEIR PAIKS FOR BREENGIN IN ON YE LIKE THIS!
GIT THEM TELLT, SON!
YER PREFECT IS A BANDIT! HE'S THE HEIDBUMMER O THE GOWDEN HEUK SWICKER GANG!
YOU'LL PEY FOR YER CHEEK, GAUL!
ON YE GO!
LET'S KEEP FECHTIN!
LEA HIM ALANE... WHIT HE SAYS IS RICHT... AH AM INDEED THE HIGH-HEID-YIN O THE GOWDEN HEUK SWICKER GANG...
!
QUIS, QUID, UBI, QUIBUS AUXILIS, CUR, QUOMODO... WHIT?!!
AH WIS BORED OOT MA NAPPER. JIST WANTED A WEE BIT DISTRACTION. AH'M SAE BORED...
AH DID IT FOR THE GOWD AS WEEL, KEN... GOWD'S ABOOT THE AINLY THING THAT DOESNAE BORE ME...
ACTA EST FABULA. FLING US THAT CHOOKIE HEN, WID YE, SLEEKITRIX...
SEE YOU, SPEWIN LATIN THEN STUFFIN YER GUB! GONNAE YUCK IT!!
39

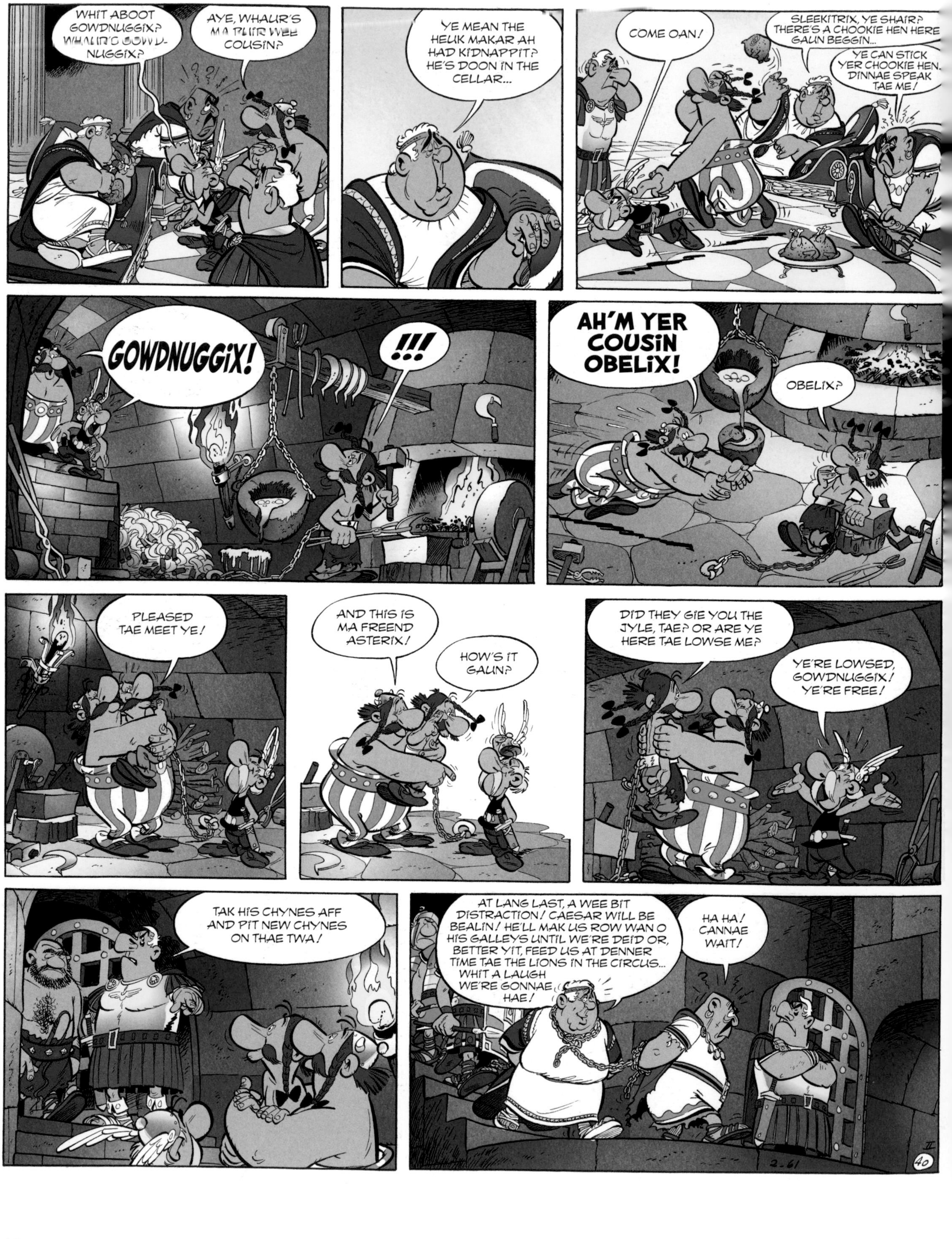

WHIT ABOOT GOWDNUGGIX? WHAUR'S GOWD-NUGGIX?
AYE, WHAUR'S MA PUIR WEE COUSIN?
YE MEAN THE HEUK MAKAR AH HAD KIDNAPPIT? HE'S DOON IN THE CELLAR...
COME OAN!
SLEEKITRIX, YE SHAIR? THERE'S A CHOOKIE HEN HERE GAUN BEGGIN...
YE CAN STICK YER CHOOKIE HEN. DINNAE SPEAK TAE ME!
GOWDNUGGIX!
!!!
AH'M YER COUSIN OBELIX!
OBELIX?
PLEASED TAE MEET YE!
AND THIS IS MA FREEND ASTERIX!
HOW'S IT GAUN?
DID THEY GIE YOU THE JYLE, TAE? OR ARE YE HERE TAE LOWSE ME?
YE'RE LOWSED, GOWDNUGGIX! YE'RE FREE!
TAK HIS CHYNES AFF AND PIT NEW CHYNES ON THAE TWA!
AT LANG LAST, A WEE BIT DISTRACTION! CAESAR WILL BE BEALIN! HE'LL MAK US ROW WAN O HIS GALLEYS UNTIL WE'RE DEID OR, BETTER YIT, FEED US AT DENNER TIME TAE THE LIONS IN THE CIRCUS... WHIT A LAUGH WE'RE GONNAE HAE!
HA HA! CANNAE WAIT!

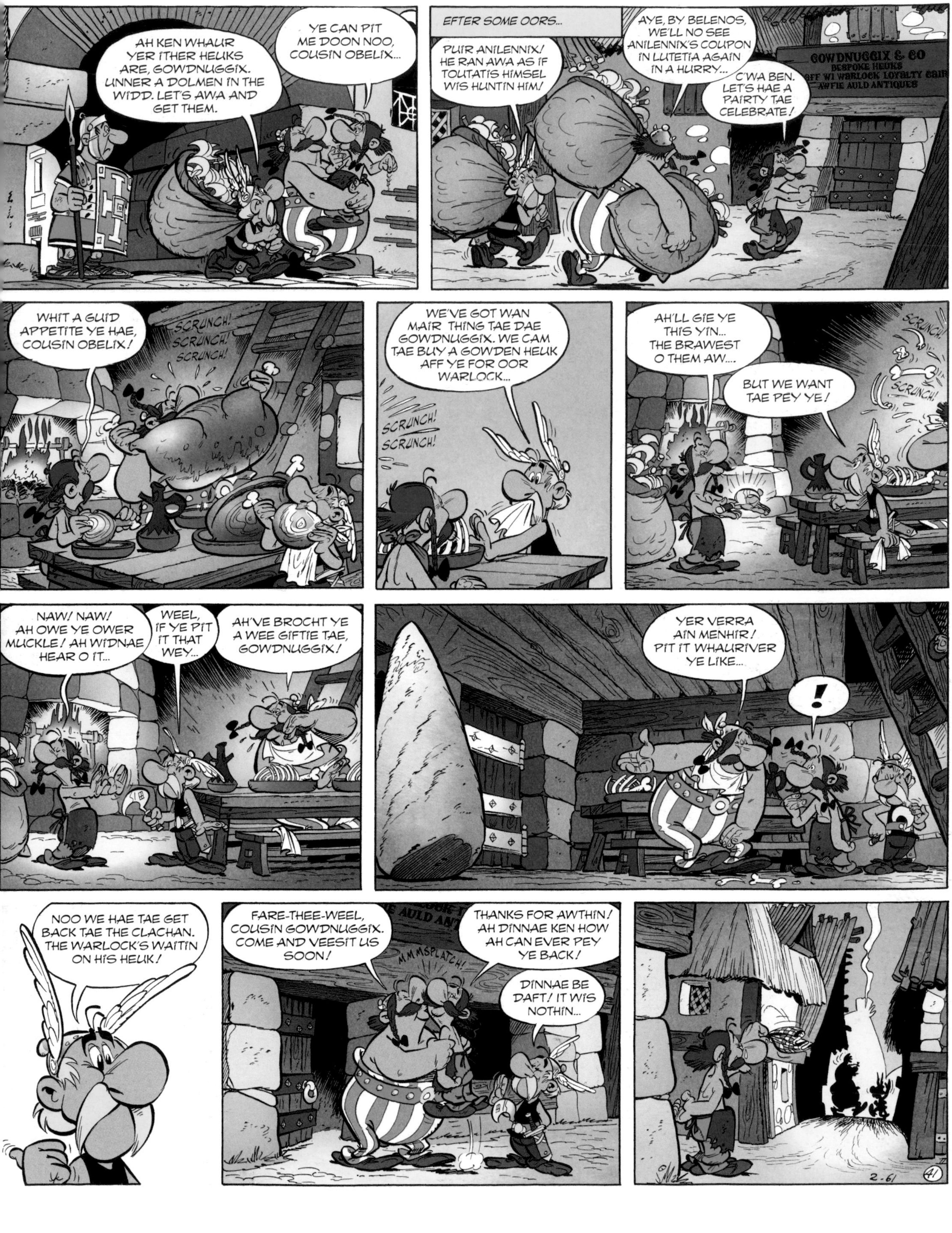
AH KEN WHAUR YER ITHER HEUKS ARE, GOWDNUGGIX. UNNER A DOLMEN IN THE WIDD. LET'S AWA AND GET THEM.
YE CAN PIT ME DOON NOO, COUSIN OBELIX...
EFTER SOME OORS...
PUIR ANILENNIX! HE RAN AWA AS IF TOUTATIS HIMSEL WIS HUNTIN HIM!
AYE, BY BELENOS, WE'LL NO SEE ANILENNIX'S COUPON IN LUTETIA AGAIN IN A HURRY...
GOWDNUGGIX & CO
BESPOKE HEUKS
C'WA BEN. LET'S HAE A PAIRTY TAE CELEBRATE!
WHIT A GUID APPETITE YE HAE, COUSIN OBELIX!
SCRUNCH! SCRUNCH! SCRUNCH!
WE'VE GOT WAN MAIR THING TAE DAE GOWDNUGGIX. WE CAM TAE BUY A GOWDEN HEUK AFF YE FOR OOR WARLOCK...
SCRUNCH! SCRUNCH!
AH'LL GIE YE THIS YIN... THE BRAWEST O THEM AW....
BUT WE WANT TAE PEY YE!
SCRUNCH! SCRUNCH!
NAW! NAW! AH OWE YE OWER MUCKLE! AH WIDNAE HEAR O IT...
WEEL, IF YE PIT IT THAT WEY...
AH'VE BROCHT YE A WEE GIFTIE TAE, GOWDNUGGIX!
YER VERRA AIN MENHIR! PIT IT WHAURIVER YE LIKE...
!
NOO WE HAE TAE GET BACK TAE THE CLACHAN. THE WARLOCK'S WAITIN ON HIS HEUK!
FARE-THEE-WEEL, COUSIN GOWDNUGGIX. COME AND VEESIT US SOON!
THANKS FOR AWTHIN! AH DINNAE KEN HOW AH CAN EVER PEY YE BACK!
MMMSPLATCH!
DINNAE BE DAFT! IT WIS NOTHIN...
2.61
41

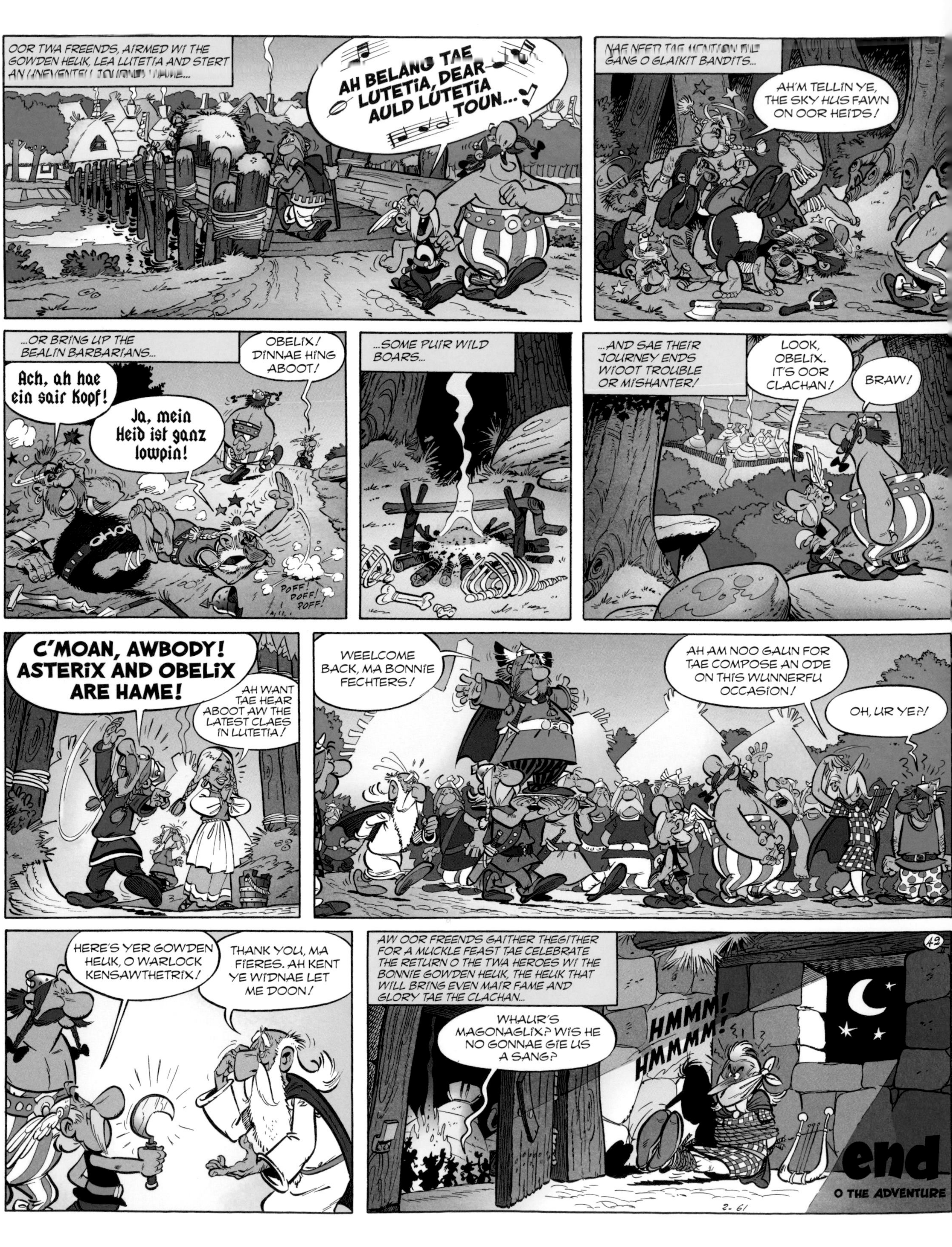
OOR TWA FREENDS, AIRMED WI THE GOWDEN HEUK, LEA LUTETIA AND STERT
AH BELANG TAE LUTETIA, DEAR AULD LUTETIA TOUN...
GANG O GLAIKIT BANDITS...
AH'M TELLIN YE, THE SKY HUS FAWN ON OOR HEIDS!
...OR BRING UP THE BEALIN BARBARIANS...
Ach, ah hae ein sair Kopf!
Ja, mein Heid ist ganz lowpin!
OBELIX! DINNAE HING ABOOT!
POFF! POFF! POFF!
...SOME PUIR WILD BOARS...
...AND SAE THEIR JOURNEY ENDS WIOOT TROUBLE OR MISHANTER!
LOOK, OBELIX. IT'S OOR CLACHAN!
BRAW!
C'MOAN, AWBODY! ASTERIX AND OBELIX ARE HAME!
AH WANT TAE HEAR ABOOT AW THE LATEST CLAES IN LUTETIA!
WEELCOME BACK, MA BONNIE FECHTERS!
AH AM NOO GAUN FOR TAE COMPOSE AN ODE ON THIS WUNNERFU OCCASION!
OH, UR YE?!
HERE'S YER GOWDEN HEUK, O WARLOCK KENSAWTHETRIX!
THANK YOU, MA FIERES. AH KENT YE WIDNAE LET ME DOON!
AW OOR FREENDS GAITHER THEGITHER FOR A MUCKLE FEAST TAE CELEBRATE THE RETURN O THE TWA HEROES WI THE BONNIE GOWDEN HEUK, THE HEUK THAT WILL BRING EVEN MAIR FAME AND GLORY TAE THE CLACHAN...
WHAUR'S MAGONAGLIX? WIS HE NO GONNAE GIE US A SANG?
HMMMM! HMMMM!
end
O THE ADVENTURE